PÄRTEL EKMAN

TALLINNER TRIO

Zum Autor:

Pärtel Ekman wurde 1966 in Tallinn geboren und studierte nach seinem Abitur in Tallinn und in Helsinki estnische und finnische Philologie und Literatur. Er arbeitet heute als Texter, Übersetzer, Journalist und Autor und hat neben dem vorliegenden Roman (erschienen 2000 unter dem Titel „Murtud truudus“) den Roman „Unikiri“ (2002) veröffentlicht. Pärtel Ekman lebt mit seiner Frau und seinem Sohn in Tallinn.

PÄRTEL EKMAN

TALLINNER TRIO

AUS DEM ESTNISCHEN ÜBERSETZT
VON BERTHOLD FORSSMAN

VERLAG
J.H. RÖLL

Die Deutsche Bibliothek – CIP–Einheitsaufnahme
Die Deutsche Bibliothek verzeichnet diese Publikation
in der Deutschen Nationalbibliographie;
detaillierte bibliographische Daten sind im Internet über
http://dnb.ddb.de abrufbar.

Pärtel Ekman: „Tallinner Trio“
Aus dem Estnischen übersetzt von Dr. Berthold Forssman
Originaltitel: Murtud truudus, Tallinn 2000
Umschlagbild: Berthold Forssman, Straßenansicht Tallinn

Gedruckt auf chlorfreiem, alterungsbeständigem Papier.
Gesamtherstellung: Verlag J.H. Röll GmbH

Printed in Germany

ISBN 3-89754-230-7

Levi

Die Erschaffung der Welt

1 Am Morgen erwachte ich mit Kopfschmerzen. Ich schob die Decke zur Seite und betrachtete meinen nach wie vor glühenden Körper. Samstagabende arteten immer wieder in Exzesse aus, aber dann tröstete ich mich damit, dass ich am Sonntag nicht arbeiten musste.

Mein Kopf dröhnte, und der Selbstbetrug ließ sich nicht mehr verdrängen: Schon seit drei Wochen hatte ich gar keine Arbeit mehr. Zuletzt hatte ich aus einem miesen Archiv für ein Ministersöhnchen ein paar Dokumente über die noch mieseren Geschäfte seines Vaters hervorgekramt, die der Knabe vor meinen Augen verbrannt hatte. Er hatte gut bezahlt, und ich hatte keinen Grund zur Klage gehabt. Aber jetzt ging das Geld zur Neige, und ich hätte nichts gegen einen neuen lukrativen Auftrag einzuwenden gehabt.

Ich hob langsam den Kopf und betrachtete unverwandt mein leicht aufgedunsenes Gesicht, das sich im Zifferblatt meiner Uhr spiegelte.

Es war schon nach zwölf. Zeit zum Aufstehen, redete ich mir ein. Wenn jemand beim Training die leiseste Ahnung von meinem Tagesablauf gehabt hätte, hätte man mich in hohem Bogen rausgeworfen. Natürlich gesetzt den Fall, dass ich dort nicht schon vorher wegen der nicht bezahlten Stunden rausgeflogen wäre.

Ich streckte die Hand nach meiner Jacke aus, kramte ein wenig in den Taschen und zog den Geldbeutel heraus, der sich verdammt mager anfühlte: Zweiundvierzig Kronen.* Zwanzig

* Krone (EEK): Estnische Währung. 1 Euro entspricht etwa 15,6 EEK.

für das Training, zehn für das Essen und zwölf zum Vergnügen, rechnete ich mir rasch aus. Ich hatte natürlich keine klare Vorstellung davon, welches Vergnügen so billig sein würde, aber ich war zu entkräftet, um mich mit solch tief schürfenden Problemen abzugeben.

Mein Bettschätzchen von heute Nacht war zum Glück früh und leise weggegangen – wie immer. Ich schaffte es nie, mich am Morgen normal zu benehmen, und so kam es leicht zu Streitigkeiten. Mein Kopf schmerzte noch immer. Das Alleinsein erfüllte mich mit Befriedigung, und ich schleppte mich ins Bad, schluckte zwei Tabletten auf einmal hinunter und drehte den Wasserhahn auf.

Das lauwarme Wasser und die Tabletten wirkten schnell, meine Stimmung schlug in leichten Optimismus um, und meine Gedanken klarten auf. In Wirklichkeit war Eile geboten, was die Bezahlung der Stunden betraf. Georg hatte gesagt, dass er mich auch umsonst unterrichten würde, denn er schätzte meine Gewandtheit und Reaktion. Georg war ein guter Trainer und ein ausgezeichneter Freund. Wenn die Bezahlung der Stunden von Georg abhinge ... ! Unter der Dusche fasste ich den Beschluss, in der kommenden Woche zu zahlen.

Ich trocknete mich lange und gründlich ab, warf meinen abgetragenen Morgenmantel über und ging in die Küche. Das im trüben Lampenlicht glänzende Messer erinnerte mich an das einzige Mal, als ich gezwungen gewesen war, meine Trainingserfahrungen im wirklichen Leben anzuwenden. Noch jetzt bekam ich von der Erinnerung eine Gänsehaut, und vor meinem inneren Auge erschien deutlich ein grobes Männergesicht.

„Geld her!“, hatte mir die grinsende Fratze befohlen. Vielleicht hätte ich der Aufforderung sogar Folge geleistet, aber der Mann forderte mich geradezu heraus, ein paar der gelernten Griffe auszuprobieren. Das gezückte Messer in der rechten Hand und die Linke in meine Tasche gedrückt, bot er ein nur allzu verlockendes Ziel, das ich einfach ausnutzen musste. Ich packte die Hand, die in meiner Tasche herumwühlte, brachte den Angreifer aus dem Gleichgewicht und versetzte ihm mit der Handfläche einen kräftigen Schlag unters Kinn. Er fiel aufs Pflaster, und für alle Fälle trat ich mit dem Fuß auf die Hand mit dem Messer. Dann verließ mich mein Mut. Ich rannte los, so schnell mich meine Füße trugen, und blickte erst an der Straßenecke zurück. In der Abenddämmerung sah ich noch die Umrisse eines sich aufrappelnden Mannes.

Die letzte Wurstscheibe fiel auf den Boden, und ich bückte mich rasch, um sie aufzuheben. Die Erinnerung an den erfolgreichen Kampf baute mich schon seit zwei Jahren in schwierigen Momenten auf. Aber als ich Georg davon erzählt hatte, hatte er nur gefragt: „Und das Messer?“

Wirklich, man hätte sich vor allem vor dem Messer in Acht nehmen müssen; der kleinste Fehler hätte teuer zu stehen kommen können. Damals hatte ich nicht daran gedacht, und auch jetzt sagte ich mir, dass Sieger nicht verurteilt werden.

Die drei Jahre, in denen ich seit Abschluss der Universität mein Brot mit meinem Detektivbüro verdient hatte, hatten zwar mein Ego gestärkt, aber das Geld hatte leider nur gereicht, um von der Hand in den Mund zu leben. Ich redete mir bei jeder möglichen Gelegenheit ein, dass zur Etablierung einer Firma Jahre vergehen. Und erst dann, wenn sich die Gerüchte von einem ehrlichen und erfolgreichen Detektivbüro verbreiten, fährt die Firma wirklich Gewinn ein. Der gütige Finger des Schicksals hatte sich jedoch noch nicht die Mühe gemacht, mich zu berühren.

Detektivarbeit! Was für eine schwachsinnige Bezeichnung für meine Tätigkeit! Ermitteln – warum nicht! Nachforschungen anstellen – meinetwegen! Aber Detektivarbeit … Bitte entschuldigen Sie! Doch Name hin, Name her, ich war neugierig, und diese Eigenschaft hielt mich bei der von mir gewählten Arbeit. Einige nannten das freilich krankhafte Neugierde.

Mit solchen alles andere als erfreulichen Gedanken betrat ich das Zimmer und ließ mich, an einem Butterbrot knabbernd, in einen Sessel sinken. Das grüne Auge des Anrufbeantworters blinkte, und ich spulte das Band hoffnungsvoll zum Anfang zurück. „Hier ist ein Mensch, der bereit ist, alles für Sie zu tun", brummte ich vor mich hin und hoffte von Herzen, vom Band ein überaus lukratives Angebot zu vernehmen. Normalerweise spielte ich in Gedanken mit vierstelligen Summen, wenn vom Band eine schüchterne Frauenstimme ertönte.

„Ich erwarte Sie heute um 14 Uhr im Park von Kadriorg. Ich hoffe, dass Sie kommen. Ich habe einen Auftrag für Sie. Sie erkennen mich an meinem dunkelblauen Kostüm."

Das war alles. Kein Name, kein Gruß und keine Verabschiedung. Ich machte einen Luftsprung: Natürlich würde ich kommen. Die Sache hatte einen pikanten Beigeschmack. Normalerweise verbarg sich hinter einer schüchternen Frauenstimme eine kleine Hausmaus, die sich Sorgen wegen der späten Konferenzen ihres Mannes machte. Ich hatte solche „Workaholics" beschattet, und ich hatte einen ziemlich guten Überblick über die Orte, an denen solche Männer in Tallinn und Umgebung ihre „Konferenzen" abhielten. Und mit wem.

Während ich mich anzog, hing ich Gedanken über Schönheit und Schmerz der Ehe nach und dachte an all die unglücklichen Gestalten, die sich wegen meiner Berichte hatten scheiden lassen. Na ja, wer konnte ernsthaft meine Arbeit verurteilen … Die Arbeit war schließlich ehrlich, nur die Menschen waren es nicht.

Meine gute Laune begann sich wieder zu legen, und ich rüstete mich beinahe schon widerstrebend zum Aufbruch. Die Tür fiel mit einem Krachen hinter mir ins Schloss und weckte in mir Erinnerungen an meine eigene Ehe: Sie hatte mit demselben Krachen geendet. Das Schließen der Tür erinnerte mich ein paar Mal am Tag daran. Man sollte die Tür auswechseln. Oder die Wohnung. Ich ärgerte mich über die tägliche innere Auseinandersetzung und stieß schwungvoll die Außentür auf. Es hätte wenig gefehlt, und ich hätte die Nachbarin gerammt. Ich rannte zur Haltestelle und ließ die Alte keifen. Der Bus kam kurz vor zwei beim Park an.

2 Der vordere Teil des Parks war um einen Brunnen herum angelegt. Als Kind hatte man mich zum Spazierengehen hierher gebracht, Sonntag für Sonntag, bei Wind und Wetter. Ich kannte den Park von Kadriorg daher wie meine Hosentasche und spürte, dass auch das am Rand gelegene hohe Denkmal mich wie einen alten Bekannten begrüßte. Ich hatte mir gerade einen Überblick verschafft, als ich am Fuß der Statue eine Dame erblickte, die die Tauben fütterte. Zwischen ihrer Tätigkeit und ihrer äußeren Erscheinung bestand ein offensichtlicher Gegensatz: Mit ihrem gepflegten Auftreten, ihrem perfekt sitzenden dunkelblauen Hosenanzug und ihren blitzblanken Schuhen hätte es ihr besser angestanden, auf dem Titelblatt einer Modezeitschrift zu erscheinen, als der Lieblingsbeschäftigung alter Tanten nachzugehen. Ich steuerte auf die Frau zu und scheuchte einen Schwarm Tauben auf, die wild durcheinander flatterten. Die Dame hob den Blick, und ein leichter Schauer durchrieselte mich. Mein Verdacht hatte sich als richtig erwiesen: Die Frau war dem Titelblatt einer Zeitschrift entstiegen, nur dass es das *Ärileht** war und kein Modejournal. Es war Frau Simon. Ich hüstelte, um über meine Verlegenheit hinwegzutäuschen, und begrüßte sie.

„Sind wir uns schon einmal begegnet?", fragte die Dame und hob ihre Brauen ein wenig. Ihr Vorname fiel mir nicht ein.

„Ich bin wegen Ihres Anrufs gekommen, Sie haben eine Nachricht auf meinem Anrufbeantworter hinterlassen", erklärte ich rasch. Ich war daran gewöhnt, dass Kunden es nicht eilig hatten, über ihr Anliegen zu sprechen, sondern dass sie zuvor versuchten, Klarheit über meine Person zu gewinnen.

„Ich bin von der Firma *Levi und Söhne*", fügte ich leiser hinzu. Die Mehrzahl meiner Klienten hatte nicht die leiseste Ahnung, dass sich hinter dem Namen der Firma nur meine Person verbarg und der Zusatz „Söhne" einzig und allein zu dem Zweck diente, einen soliden Eindruck auf die Leute zu machen. Weckte doch eine Familienfirma immer mehr Vertrauen als die

* „Wirtschaftsblatt"

bloße Person „Levi“, geschieden und mit so vielen Söhnen wie ein tibetanischer Mönch.

„Ja ja, natürlich“, murmelte die Frau nervös und steuerte langsam auf eine Bank zu. Ich folgte ihr und schwieg diskret. Im Laufe von drei Jahren Berufspraxis hatte ich es gelernt, selbst bei größter Neugierde meinen Mund zu halten. Frau Simon war die Gattin von Saul Simon, dem Besitzer eines riesigen Unternehmens. Einer Firma, die alles von Knöpfen bis hin zu Haushaltsgeräten produzierte und gleichzeitig in der Consultingbranche aktiv war, einer Firma, die bereits zahlreiche Büros im Ausland unterhielt, kurz, eines der vielen in den letzten Jahren neu gegründeten Unternehmen und ein Symbol für das so genannte estnische Wirtschaftswunder nach der Unabhängigkeit.

Das alles hatte ich im *Ärileht* gelesen, wo nicht mit Lobpreisungen des Ehepaars gegeizt wurde: das Superpaar, reich und glücklich … Ich erinnerte mich nicht genau, was die Zeitungsfritzen alles zusammengeschmiert hatten. Jedenfalls wurde der Firma *Simon GmbH* eine noch glänzendere Zukunft prophezeit, und die Ursache war hauptsächlich die Großartigkeit des Ehepaares. Jetzt aber lief eine Hälfte dieses Superpaares einen Meter vor mir und machte überhaupt keinen reichen und glücklichen Eindruck.

Wir setzten uns auf die Parkbank, und Frau Simon suchte mit gerunzelter Stirn nach Worten, um ihre Erzählung zu beginnen. Ich gab ihr Zeit, ihre Gedanken zu sammeln, und sagte: „Ich freue mich, dass Sie beschlossen haben, unsere Firma zu konsultieren. Wir scheuen keine Arbeit und haben bisher alle unsere Kunden zufrieden gestellt.“

„Ja ja“, sagte Frau Simon noch einmal und fuhr dann noch im selben Atemzug fort: „Eigentlich ist es ganz schön peinlich, sich an jemand Außenstehendes zu wenden, aber ich baue auf Ihre Diskretion.“

Ich hatte so eine Einleitung schon mindestens zehnmal gehört und war sicher, dass die Sache Saul berühren würde. Ich nickte ernst und ermutigend. Meine Vorahnung hatte mich nicht getrogen.

„Sehen Sie, ich bin schon seit Jahren mit meinem Mann verheiratet."

Ich nickte wieder und sagte, dass ich davon im *Ärileht* gelesen hätte, worauf Frau Simon trocken bemerkte, dass sie sich dann ja nicht mehr vorzustellen brauche, und fortfuhr: „Bis jetzt sind wir großartig zurecht gekommen, und eigentlich tun wir es auch jetzt noch. Ich … Ich weiß nicht, vielleicht ist es bescheuert …"

Frau Simon errötete über ihre primitive Ausdrucksweise, und ich ließ sie in Ruhe gewähren. Dann sammelte sich meine Gesprächspartnerin und brachte den angefangenen Gedanken sachlich zu Ende: „… aber Saul ist in der letzten Zeit abends immer lange weggeblieben, was er mit seiner Arbeit begründet hat. Ich weiß ja, dass er wirklich viel zu tun hat, aber telefonisch ist er dann im Büro nicht zu erreichen. Saul sagt, dass es sich um Konferenzen handelt, und ich habe keinen Grund, daran zu zweifeln. Ich selbst beschäftige mich jetzt vor allem mit dem Kind und kümmere mich um den Haushalt."

Es war zwar schwierig, sich Frau Simon mit einem Scheuerlappen in der Hand vorzustellen, aber ich unterdrückte meine ironischen Gedanken.

„Das heißt, wir hatten allerhand Probleme mit dem Haushalt, aber das gehört nicht hierher. Kurz und gut, ich möchte, dass Sie meinen Mann eine Zeit lang beschatten."

Das Ende kam so unerwartet, dass ich Frau Simon mit emporgezogenen Augenbrauen anstarrte.

„Es ist einfach zu meiner Beruhigung", fügte Frau Simon müde hinzu. Unter dem flotten Kostüm kam eine besorgte Frau zum Vorschein. „Ich bitte Sie um größtmögliche Diskretion. Beschatten Sie ihn eine Woche lang, sammeln Sie Informationen über seine Wege, und die Sache hat sich. Rufen Sie mich in einer Woche an, dann bezahle ich Sie in bar. Beginnen Sie morgen früh, denn heute Abend gehen wir zusammen aus. Ich erwarte einen schriftlichen Bericht über Sauls Aktivitäten. Ich habe einfach keine Zeit für Verdächtigungen und auch nicht die Kraft, ich brauche Gewissheit."

Ich brauchte nicht zu sagen, wozu diese Gewissheit benötigt wurde. Reiche und präsentable Männer wurden immer von Frauen umschwärmt, und dann war es nicht leicht, in der Haut der Ehefrau zu stecken. Ich präzisierte noch ein paar Kleinigkeiten, bekam zweitausend Kronen als Vorschuss (Geldsorgen ade!) und eine Visitenkarte. Dann stand Eva Simon auf und ging ohne Abschied davon. Die meisten Menschen verhalten sich unsereins gegenüber geringschätzig, ohne zu bedenken, dass es ohne ihre schmutzige Wäsche keine Spitzel bräuchte, um diese zu waschen.

Das konnte mich nicht aus der Ruhe bringen. Zufrieden ließ ich den Kopf nach hinten sinken und saß ein paar Minuten so da. Das Leben war schön: Ich tat eine Arbeit, die gut bezahlt wurde, die meine Neugierde befriedigte und bei der ich mir nicht die Knochen brach. Dann stand ich auf und kaufte mir an einem nahe gelegenen Kiosk einen Becher starken Kaffee. Während ich in kleinen Schlucken das heiße Getränk schlürfte, sortierte ich meine Gedanken und erstellte einen Arbeitsplan.

3

Frau Simon verdächtigte ihren Mann des Ehebruchs. Es gab grundsätzlich zwei Möglichkeiten: Entweder waren die Liebe und die Eifersucht der Frau so enorm, dass sie ihren Mann unter Kontrolle haben wollte, oder das Superpaar hatte einen Ehevertrag, der im Falle der Untreue des Mannes der Frau sowohl ihre Freiheit als auch ein sorgloses Auskommen gewährte. Als ich die Äußerungen der Frau analysierte, neigte ich natürlich zu der ersten Möglichkeit, aber ich war mir nicht ganz sicher. Auf jeden Fall musste ich morgen startbereit sein.

Ich erwog meine eigenen Möglichkeiten: Ich konnte gratis für eine Woche ein Auto mieten – Frau Simon bezahlte. Um in das Büro der *Simon GmbH* zu gelangen, könnte ich meinen Presseausweis benutzen. Der Ausweis war zwar gefälscht, aber trotzdem erstklassig. Ich hatte noch einen Ausweis vom Zentralkrankenhaus, einen von der Polizei und einen von der Universität. Das waren Schätze, die ich von einem Kunden (der Mann war ein

Gauner der unteren Kategorie) als Honorar bekommen hatte, und diese Aufwandsentschädigung war keineswegs schlecht gewesen. So ausgerüstet konnte man Leute ziemlich erfolgreich beschatten. Es ließ sich immer ein Grund für einen Aufenthalt in der Nähe von Herrn Simon finden.

Ich hatte noch einen ganzen Tag Zeit und überlegte, wie ich diese Zeit totschlagen sollte. Das Auto holen, ins Fitnesscenter gehen, in die Sauna, vielleicht ins Theater und dann früh ins Bett. Nachdem ich eine Prioritätenliste für die einzelnen Punkte erstellt hatte, warf ich den Kaffeebecher in den Müll und lenkte meine Schritte in Richtung Innenstadt zum nächsten Autohaus.

„BMW und Audi sind eine sichere Sache. Jetzt auch zu vermieten." Ich musterte das eckige Reklameschild und näherte mich dem Laden. Obwohl sich das Autohaus in der City befand, war es versteckt und schwer zugänglich. Der Hof war menschenleer, und die Autos standen wie Zinnsoldaten in einer Reihe vor den schäbigen Holzplanken. Ich stand ratlos zwischen den schicken Wagen und bemühte mich, etwas Unauffälliges zu finden. Gerade hatte ich mich für einen älteren Ford entschieden, als ich auf zwei Männer aufmerksam wurde, die in diesem Moment aus dem Hinterhof traten. Ihre hochwertigen Jacken und ihre kurz geschorenen Schädel glänzten geradezu in der Sonne. Über die Hochwertigkeit ihrer Köpfe war ich mir zwar nicht so sicher, aber die Männer repräsentierten genau den Typ Mensch, mit dem ich keinerlei Bekanntschaft wünschte. Offenbar hatten sie jedoch den entgegengesetzten Wunsch. Mit ausdruckslosen Gesichtern näherten sie sich mir gemäßigten Schrittes.

„Es ist nicht gesagt, dass die Männer etwas im Schilde führen", redete ich mir ein und versuchte, mich auf das Betrachten der Autos zu konzentrieren.

Ich schreckte bei dem Klang der Stimme zusammen, die ohne weiteres die von Louis Armstrong hätte sein können: „Wir können dir helfen, die richtige Auswahl zu treffen."

Mir blieb ein Kloß im Hals stecken, wie vor zwei Jahren. Und wie damals ahnte ich auch jetzt, was gleich kommen würde.

Einer der Männer hatte sich mir in einem Bogen von hinten genähert, der andere blieb ein paar Meter vor mir stehen.

„Dir gefallen bestimmt die teuren Autos, also geben wir dir ein bisschen Unterricht", bemerkte der Mann, der vor mir stehen geblieben war, geistreich. Ich starrte wortlos auf seine anzüglich grinsende Fratze und erwartete den von hinten Kommenden.

Dieser enttäuschte meine Erwartung nicht, sondern packte mich mit harten Händen. Ich hatte diesen Moment erwartet und beeilte mich, die Lage auszunutzen. Ich versuchte, so gut wie möglich die Hände des Mannes festzuhalten, und beugte mich zu einem Purzelbaum vor. Anders als für mich kam der Griff für den glänzenden Muskelprotz als Überraschung, und er war gezwungen, mit mir zusammen einen Purzelbaum zu schlagen. Ich blieb auf dem Rücken des sich nun unter mir befindlichen Angreifers liegen und verhalf ihm durch einen Stoß mit dem Ellbogen zu einer längeren Ruhepause. Gleichzeitig war ich nah genug an den zweiten Mann herangerollt, um ihn mit dem Fuß an einer empfindlichen Stelle zu erwischen. Das genügte. Blitzschnell sprang ich auf und verschwand.

Innerhalb weniger Sekunden war ich in das Getümmel der nächsten Hauptstraße eingetaucht, winkte nach einem vorbeifahrenden Taxi, warf mich in das Auto und brüllte schon fast: „Los!"

Die Reifen des Taxis quietschten auf, und ehe die Straße eine Biegung machte, sah ich gerade noch zwei blitzende Köpfe, die aus dem Hof gesprungen kamen. Ich sank erschöpft in den Sitz.

„Wollte man Ihnen ans Leder?", erklang aus dem Fahrersitz eine mitfühlende Stimme. Sie war wie Musik in meinen Ohren und beruhigte mich. Das Taxameter tickte, aus dem Radio drang sanfte Musik, und im Rückspiegel musterte mich ein graues Paar Augen. Der Fahrer war von einem angenehmen Äußeren. Ich hatte bestimmt die Jacke des Muskelprotzes ruiniert, schoss mir eine etwas unpassende Sorge durch den Kopf.

„Heutzutage gibt es auf jedem Hinterhof solche Banditen", setzte der Taxifahrer seinen Monolog fort. „Auf demselben Hof hat man vorgestern einen Geschäftsmann gefunden, ein Messer im Rücken und alle viere von sich gestreckt. Sein Geld war verschwunden, und seine Frau meinte, er hätte einige zigtausend Kronen bei sich gehabt. Haben Sie davon gehört?“

Natürlich las auch ich Zeitungen. Ich nickte. Das Opfer war Kozlovski gewesen, Vorstandsmitglied einer bekannten Süßwarenfirma, und die Zeitung war übervoll mit Bildern gewesen. Die Menschen hatten perverse Neigungen, so auch dieser Taxifahrer. Ein netter junger Mann, aber seine Augen funkelten bei der Erwähnung dieser Bluttat. Widerlich! Ich bat ihn anzuhalten, zahlte und stieg aus an die frische Luft.

Wir waren vor einem Alte-Damen-Café auf der Narva maantee zum Stehen gekommen. Als ich eintrat, verursachte ich bei den Omas ein kurzfristiges Stimmungshoch, doch dann wandten sich alle wieder ihren Kaffeetassen zu. Ich setzte mich an einen Ecktisch mit Blick auf die Straße und ließ bei einer Tasse Kaffee die jüngsten Ereignisse vor meinem inneren Auge Revue passieren.

4

Warum ich? Warum hatte ich mit meinem unauffälligen Äußeren das Interesse dieser Profikiller auf mich gezogen? War das Zufall gewesen? Vor einem Autohaus war die Wahrscheinlichkeit natürlich am größten, einen begüterten Menschen zu erwischen, und solche Männer hielten nach ihren Opfern nicht auf der Straße Ausschau.

Meine Gedanken rasten hin und her und suchten nach einer Antwort. Bestand der Grund in meiner neuen Bekanntschaft mit Frau Simon? War ich in ein Spiel geraten, in dem hinter einer Ehekrise oder einer Dreiecksgeschichte noch vieles andere zum Vorschein kommen konnte? Der Quadratschädel hatte versprochen, mir bei der richtigen Auswahl zu helfen. Was meinte er damit? Die richtige Auswahl … die richtige Auswahl … Ich wickelte die Kette der Ereignisse rückwärts wieder auf. Die Männer waren direkt zu mir gekommen …

Nein, ich war nicht imstande, das Geschehene irgendwie mit

meiner Begegnung dieses Tages in Zusammenhang zu bringen, und rechnete die Prügelei zu der Masse der alltäglichen Verbrechen im heutigen Tallinn, über die der Taxifahrer gesprochen hatte – vor allem angetrunkene finnische und schwedische Touristen wurden immer wieder zu Opfern solcher Überfälle, und der Hafen war ohnehin ein bekannter Umschlagplatz für gestohlene Autos aus dem nahe gelegenen Finnland sowie aus dem übrigen Westeuropa.

Ein wenig ruhiger dachte ich darüber nach, was Georg zu meinen Reaktionen sagen würde. Er wäre vermutlich unzufrieden. Er war nie zufrieden. Zuerst ließ er sich vielleicht zu einem Lob hinreißen, aber dann fand er hundert Fehler.

Der Kaffee wirkte anregend, und meine Stimmung stieg wieder. Man mochte sagen, was man wollte: Immerhin war die Sache 1:0 für mich ausgegangen! Als ich zu diesem schmeichelhaften Ergebnis gelangt war, sah ich auf die Straße und vergaß augenblicklich meine Siegesfreude. Vor dem Café glänzten zwei Jacken, und zwei eckige Gesichter waren dem Verkehr zugewandt. Sie hatten mich nicht bemerkt. Ich rüstete mich leise zum Aufbruch und betete zu Gott, dass das Café einen Notausgang haben möge. Gleichzeitig blieb vor dem Café ein Auto stehen, und wenig später stiegen beide Männer hinten ein. Das Auto sauste los, ich presste meine Nase gegen die Scheibe und erkannte gerade noch, dass die beiden letzten Ziffern des Kennzeichens eine 2 und eine 4 waren. Ich verschwendete keinen Gedanken daran, die Automarke zu registrieren: Einen Mercedes erkannte ich am Geräusch. Ich saß und spürte geradezu physisch die Ungerechtigkeit des Lebens: Gauner fuhren mit einem Statussymbol wie einem Benz, während man ehrliche Menschen nicht einmal einen alten Ford mieten ließ.

5

Gegen fünf Uhr kam ich nach Hause. Ich hatte vom Café aus ein Taxi genommen und legte die Quittung sorgfältig in einen Ordner. Solche Akten hatte ich massenweise, und zwar zwei für jeden Fall: den einen für die Buchführung und den anderen für die Notizen, die ich bei meinen Überwachungen und Untersuchungen anfertigte, sowie für andere Materialien. Im Verlauf von drei Jahren hatte ich mich vor allem mit der Beschattung von Ehegatten beschäftigt, ein paar Mal hatte ich in Archiven herumgestöbert, und einmal hatte ich an einem Wahlkampf teilgenommen, indem ich kompromittierendes Material über die Kandidaten der Opposition im Riigikogu, dem Parlament, sammelte. Insgesamt viermal war ich gebeten worden, Daten zu vernichten, und nach eigenem Gutdünken hatte ich das auch getan.

Ich stand vor dem Regal und legte eine neue Akte an. Dann beschloss ich, die Alltagsklamotten und die Jacke gegen etwas Feierliches zu vertauschen, ins Theater zu gehen und so die Gesellschaft anständiger Menschen und die Atmosphäre einer Vorstellung in mich aufzusaugen. Ich blätterte meine beiden Tageszeitungen durch, den *Postimees* und das *Eesti Päevaleht*, und entschied mich für einen Klassiker im Eesti Draamateater. Warum nicht zusammen mit Hamlet darüber grübeln, „ob's edler im Gemüt, die Pfeil' und Schleudern des wütenden Geschicks erdulden oder sich waffnend gegen eine See von Plagen im Widerstand zu enden?" Ich liebte Shakespeare, obwohl die hiesigen Inszenierungen hoffnungslos hinter dem Rest der Welt zurückgeblieben waren und so tatsächlich zu einer See von Plagen geworden waren.

Ich kannte längere Abschnitte aus „Romeo und Julia" und aus „Hamlet" auswendig, und schon an der Universität hatte ich sie gerne zitiert und mit meinen Erkenntnissen den reibungslosen Ablauf diverser Seminare und Vorlesungen gestört. Und natürlich wussten die Dozenten immer ganz genau, wie die einen oder anderen Werke und Repliken zu verstehen waren. Immerhin erkannte einer der Professoren meine pädagogischen Fähigkeiten, und der Dekan bot mir sogar an zu promovieren und anschließend am Lehrstuhl zu arbeiten. Aber sechs Jahre an der Universität hatten gereicht. Ich wollte nicht das ganze Leben in akademischen Zirkeln versauern und für senile Professoren eine

Lanze brechen. „Lieber wollte ich doch noch Tagelöhner sein in der Unterwelt und bei den Schatten des Ehemals!“ … Draußen wartete das Leben, und ich wollte es mit der Hand berühren, mit der Nase voran hineinkriechen. Jetzt traf ich die Lehrkräfte manchmal auf der Straße, und auf die Fragen nach meiner beruflichen Tätigkeit antwortete ich ausweichend.

Während ich diesen Gedanken nachhing, bereitete ich mich gründlich auf das Theater vor: Ich ging unter die Dusche, kämmte mich, verbrachte noch ein paar geschäftige Augenblicke vor dem Spiegel, und schon sah ich richtig festlich aus. Es war inzwischen sechs Uhr. Ich warf noch einen letzten Blick in den Spiegel, nahm den Mantel von der Garderobe und machte mich zum Aufbruch fertig. Die Geistesnahrung wartete.

6

Ein Theater wirkt mit seiner festlichen Stimmung immer beruhigend. Die Leute sind abwesend und scheinen in sich irgendein gemeinsames Geheimnis zu tragen. Heute nahm auch ich an diesem gemeinsamen Geheimnis teil. Ich trieb mich ein wenig auf den Gängen herum und stellte befriedigt fest, dass mir einige Blicke folgten. Auch unser Berufsstand braucht Aufmerksamkeit, obwohl ich aus arbeitstechnischen Gründen wohl eher ein Mäuschen spielen und möglichst unauffällig sein sollte. Aber die Arbeit konnte bis morgen warten, und so genoss ich aus tiefster Seele die Menschen, die hoffentlich besser waren als die zwei Quadratschädel, denen ich heute begegnet war. Es war auch schwierig, sie sich in der Umgebung eines Theaters vorzustellen.

Ich ließ mir die Stimmung nicht vermiesen, und nachdem ich an der Bar Konfekt gekauft hatte, ging ich hinüber in den Saal. Ich machte es mir bequem und wartete auf das Erlöschen des Lichtes. Die letzten Spätankömmlinge eilten auf ihre Plätze, und die Saalbeleuchtung wurde langsam abgeblendet. Die Vorstellung faszinierte mich von der ersten Minute an. Ich konzentrierte mich auf die Schauspieler und war bester Stimmung.

In der Pause beschloss ich, meine Stimmung mit einem Glas Wein weiter zu heben. An der Bar tummelten sich bereits viele

Leute. Ich fand trotzdem einen freien Hocker, nahm würdig Platz und gab dem Barkeeper einen Wink. Aber meine Hand blieb hilflos in der Luft hängen, weil ich mit Unbehagen sah, wer da gerade die Bar betreten hatte.

Das Ehepaar Simon liebte offensichtlich effektvolle Auftritte. Die meisten Barbesucher drehten sich zur Tür um, um das Superpaar besser sehen zu können. Trotz seiner relativen Größe und dem rasanten wirtschaftlichen Aufschwung der Hauptstadtregion war Tallinn im Grunde eine Kleinstadt geblieben, und in den entsprechenden Kreisen lief man sich ständig über den Weg. „Großmutter, warum hast du so große Augen?", durchzuckte mich ein schwachsinniger Gedanke. Um über die Peinlichkeit der Situation hinwegzutäuschen, fuhr ich mir mit der erhobenen Hand durchs Haar. Ja, ich wäre lieber dem Geist von Hamlets Vater begegnet, als hier Auge in Auge mit Eva Simon zu sitzen. Sie hatte mich bemerkt und nickte mir kaum merklich zu. Ich wandte mich dem herannahenden Barkeeper zu. „Einen Kognak bitte." Den Wein hatte ich längst vergessen.

Nachdem ich das Glas ein Weilchen in der Hand gehalten hatte, gestattete ich mir von Neuem, meinen Blick zu den Simons hinüberwandern zu lassen. So manch anderer betrachtete sie mit unverhohlener Neugierde, so dass ich mich für meinen starren Blick nicht zu schämen brauchte. Es war offensichtlich, dass die Simons an eine derartige Aufmerksamkeit gewöhnt waren und ihr mit souveräner Gleichgültigkeit begegneten.

Saul Simon war ein groß gewachsener Mann. Dunkle Haare umkränzten eine hohe, etwas sorgenzerfurchte Stirn. Im Profil traten sein markantes Kinn und sein sich langsam auf und ab bewegender Kehlkopf klar hervor. Besonders bemerkenswert waren seine Hände: Die geäderte Hand wirkte weich und hart zugleich. Jetzt lag sie auf der Theke und war wie zur Betrachtung ausgestellt. An der linken Hand glänzte ein goldener Ehering, die Krawattennadel war offensichtlich aus demselben Material, und der Anzug passte wie angegossen. Es erstaunte mich nicht, dass Eva eifersüchtig auf Saul war: Ein derart präsentabler Mann hatte Seltenheitswert. Saul wandte mir sein Gesicht zu, und einen Augenblick lang trafen sich unsere Blicke. Mir wurde klar, dass diese Begegnung länger als nur einen Moment gedauert hatte, und ich wandte meinen Blick zur Seite. Dabei fixierte ich die schlaffe Haltung des Mannes, der unmittelbar zuvor hinzugetreten war, um Saul zu begrüßen. Sie bildeten ein komisches Paar: der tadellose Herr mit seiner aufrechten Haltung und der kleine glatzköpfige Mann mittleren Alters, der in einem zerknitterten Anzug einherschlurfte. Ich taufte das Männchen sofort „Buchhalter", weil ich mir einen grauen Buchhalter genau so vorstellte.

Die Pausenglocke forderte dazu auf, in den Saal zurückzukehren, und es blieb keine Zeit mehr, die Simons zu beschatten. Als ich jedoch an Simon vorbeiging, traf mich wieder einer seiner dunklen Blicke, und ein kalter Schauer lief mir über den Rücken. Herr Simon hatte Eindruck auf mich gemacht, und auf dem Weg in den Saal bemerkte ich, dass ich in der Bar überhaupt nicht auf seine Frau geachtet hatte. Ich ahnte, dass die nächste Woche nicht langweilig werden würde.

Die Lichter erloschen, und urplötzlich vermochte mich die Handlung auf der Bühne nicht mehr zu fesseln. „Jedenfalls packt mich das Theater nicht mehr, ich kümmere mich auch nicht um die Kunde vom Lauf der Gestirne, und meine Seele hat niemals die Schatten um Antworten gefragt ..."

Der einzige interessante Mensch im ganzen Theater saß mit seiner Frau in der Loge und wusste nichts über diejenigen, die irgendwo unten saßen. Ich war bereits voller Erwartung auf den morgigen Tag. Morgen würde meine Neugierde ein wenig Befriedigung erfahren ...

7

Ich erwachte am Morgen meines Geburtstages. Allein, wieder allein. Oder immer allein?

„Alles Gute!"

Ich ging ins Badezimmer und blickte in den Spiegel. Von dort blickte mir ein 28-jähriges Gesicht mit zerzausten Haaren entgegen. Ich betrachtete es mit Interesse. Das war einer der Höhepunkte meiner Geburtstage: Von Angesicht zu Angesicht mit mir selbst stellte ich selbst die Fragen und gab mir selbst die Antworten. Und wie üblich gab es viele Fragen, aber die Antwort blieb ich mir in den meisten Fällen schuldig.

Wie spät war es? Ich bestätigte mir stolz, dass ich wenigstens auf diese Frage eine Antwort hatte: Die Uhr zeigte eine ungewöhnlich frühe Morgenstunde an.

Bei einer Tasse Kaffee verfiel ich in Erinnerungen. Früher hatten mir Geburtstage gefallen, das Zimmer war voller Leute gewesen, und es war hoch her gegangen. Nach der Gründung meiner Firma wollte ich immer seltener außerhalb der Arbeit Menschen sehen. Je besser ich sie kennen lernte, desto weniger wünschte ich, sie zu treffen. Ich dachte an nichts Konkretes, mehr an den Menschen als Individuum denn als kleinste Einheit einer Gesellschaft. Jeder von ihnen hatte sein schwarzes Ich, seine Schattenseite, die aber nur allzu oft kläglich hinter der Maske hervorlugte. Von Zeit zu Zeit verfiel ich in diese Depression, so dass mir nicht einmal mehr mein eigenes Gesicht gefiel, obwohl ich über mein Aussehen nun wirklich nicht klagen konnte. Nur Karl konnte in meinen schwermütigen Augenblicken auch etwas Angenehmes an mir finden, und deshalb traf ich mich mit diesem Freund gerne in eben solchen Augenblicken.

Ich verbannte die traurigen Gedanken aus meinem Kopf und machte mir ein Geschenk: den Besuch der Firma *Simon GmbH.* Wie würde Saul Simon sich mir gegenüber verhalten? Ich bereitete mich sorgfältig vor: Die aus den Zeitschriften gesammelten Informationen speicherte ich in meinem Gehirn ab und machte Notizen auf Zettel. Ich hatte nicht vergessen, auch ein paar Fakten über zweitklassige Mitarbeiter der Firma aufzubewahren, denn von zweitklassigen Mitarbeitern konnte man erstklassige Informationen erhalten. Der Türsteher wusste, wann Simon einzutreffen und zu gehen pflegte, und Aufgabe der Sekretärin war es, sowohl die Tages- und Wochen- als vielleicht auch die Jahrespläne zu kennen.

Ich mietete mir telefonisch einen Wagen, trank den Kaffee aus und war fertig.

Schon achtundzwanzig.

8 „Der Schlitten steht bereit!", verkündete der muntere junge Mann vom Autoverleih, kaum dass ich ihm die Tür geöffnet hatte. Wir gingen hinaus, und auf der Straße stand mein Auserwählter: ein Ford Taunus. Davon waren Hunderte in der Stadt unterwegs, und somit war ich gut getarnt. Nach dem Austausch der Unterschriften jagte ich an den zahlreichen Baustellen der neu entstehenden City über die Uferpromenade entlang hinaus zum Simonschen Haus nach Pirita, vorbei an einer ständig wachsenden Zahl mehr oder weniger geschmackloser Villen der alten und neuen Oberschicht. Als ich eintraf, schlug Saul Simon gerade die Haustür hinter sich zu. Einen Augenblick lang entschwand er aus meinem Blickfeld und erschien dann wieder bei der Garage. Ich bewunderte die Automatik, mit der sich alle Türen öffneten und schlossen, und wie er zufrieden seinen grauen Jaguar aus der Garage herauschauffierte. Ich hängte mich an seine Kotflügel. Zehn Minuten später stand Simons Auto auf dem Parkplatz der Firma an der Liivalaia tänav, während ich panisch nach einem geeigneten Parkplatz suchte. Endlich schloss ich die Autotür, ging über die Straße und betrat das Gebäude.

„Kann ich Ihnen behilflich sein?", fragte ein grauhaariger Türsteher in einem Anzug.

„Ja. Zumindest hoffe ich, dass Sie das können", antwortete ich, und bediente mich dabei meines aufrichtigsten Lächelns. „Ich bin von der Zeitschrift *Elu ja inimesed** und schreibe einen Artikel über die Familie Simon und ihre Firma."

Ich zeigte meinen Presseausweis vor. Der Gesichtsausdruck des Mannes ging in ein pflichtbewusstes Lachen über, und mit einem freundlichen Wink wurde ich zur Pforte geführt. Ich zeigte auch dort mein Dokument vor, es wurde mir abgenommen, und

* „Leben und Leute"

ich erhielt im Austausch dafür ein nummeriertes Ansteckschildchen mit der Aufschrift „BESUCHER". Ich erklärte, was ich alles zu sehen wünschte, bekam eine Menge von Zimmernummern und Namen genannt und erhielt den Rat, mich mit dem ersten Pressechef zu unterhalten. „Und alles Gute", lachte der an der Pforte sitzende blonde Schönling. Ich bedankte mich, freilich ohne verstanden zu haben, ob er sich auf meinen Geburtstag bezogen hatte oder ob er mir Erfolg für meine Arbeit wünschte. „Und fürs Privatleben", fügte ich bissig in Gedanken hinzu.

Der Pressechef war ein echter Boss. Ein riesiger Koloss von Mann saß mir lächelnd gegenüber und spielte mit einem winzigen Bleistift.

„... und natürlich muss man unbedingt die Tatsache berücksichtigen, dass Herr Simon all das, was Sie hier sehen, ganz aus dem Nichts heraus aus dem Boden gestampft hat", sprudelte es zwischen seinen Lippen hervor. „Im laufenden Jahr haben wir einen Umsatz erreicht, der dem Budget einiger estnischer Landkreise entspricht. In diesem Zusammenhang ist hervorzuheben, dass wir mehr als zweitausend sichere Arbeitsplätze bieten", referierte der Mann den auswendig gelernten Routinetext. Ich ließ ihn reden und machte mir Notizen auf meine Art.

„Wie bleibt Herrn Simon neben seiner Arbeit Zeit für seine Familie?", unterbrach ich endlich den Monolog des Chefs. „Unsere Zeitschrift hat viele Leserinnen, die sich sicher dafür interessieren würden, ob an der Führung der Firma auch Frauen beteiligt sind, das heißt, welche Rolle Frau Simon dabei hat", fragte ich neugierig, ganz auf die feministische Linie einschwenkend.

Der Mann schaltete sichtlich auf stur. „Was Herrn Simons Privatleben betrifft, so erteilt die Informationen darüber natürlich Herr Simon selbst. Von Seiten der Firmenleitung wird alles dafür getan, die Belastung für Herrn Simon auf einem erträglichen Niveau zu halten und das Interesse der Familie nicht aus dem Blickfeld zu verlieren, da drei von elf Vorstandsmitgliedern Frauen und gute Freundinnen der Gattin des Vorstandsvorsitzenden Simon sind und diese sicherlich auch die Ansprüche eben dieser Seite berücksichtigt wissen können", begann der überlange Satz, der jedoch seinerseits die Übermacht über seinen Chef bekam und gründlich danebenging. „Ich möchte noch einmal unterstreichen, dass die Politik unserer Firma nicht nur auf ein gutes Verhältnis zwischen der Arbeit und dem Privatleben ihrer Vorstandsetage abzielt, sondern im Rahmen ihrer Möglichkeiten auch den diesbezüglichen Problemen der breiten Masse der Angestellten entgegenkommt."

In der Pressestelle arbeiteten acht Leute, und die Auskünfte, die man mir erteilte, waren zum Glück sachlich und angenehm menschenfreundlich. Der Pressechef hätte sicher so gut wie nichts zum Image der Firma beigetragen, hätte er auf sich allein gestellt gearbeitet. Derart rundgelutschte und schablonenhafte Sätze bekam man normalerweise nur aus dem Mund von Politikern und anderen Hochstaplern zu hören. Ich bat um die Erlaubnis, mit Angestellten der Firma zu sprechen, und erhielt sie auch. Mit väterlicher Fürsorge rief der Chef aus dem Nebenzimmer eine Begleitperson für mich herein, die sich als eine effektiv wirkende, brünette Dame erwies.

„Jane Ritmann", stellte sie sich vor. „Ich hoffe, dass wir uns in diesem großen Schloss nicht verlaufen", fügte sie mit einem angenehmen Lachen hinzu. Ich entnahm ihren Worten jedoch auch die Warnung, ja nicht eigenmächtig verloren zu gehen.

Ich war von Menschen mit fremd klingenden Namen umgeben, dachte ich, als wir den Korridor entlanggingen. Besonders ärgerte mich, dass jeder bei der Erwähnung meines Namens die Augenbrauen heben konnte, ganz gleich wie er selbst hieß. Natürlich war Levi Allan kein gewöhnlicher Name, aber wenigstens hieß ich nicht Matilda oder James oder wie sonst Eltern heutzutage ihre lieben Kleinen bevorzugt nannten.

Der dunkle Haarknoten wackelte vor mir her, und seine Trägerin war nicht eben besonders gesprächig.

„Arbeiten Sie schon lange hier?", fragte ich, um eine Konversation in Gang zu bringen.

„Nein", bekam ich als Antwort. Und wieder ertönte auf dem

Korridor nur das Klappern von Absätzen. Wir machten beim Fahrstuhl halt.

„Sehr interessante Raumgestaltung", machte ich den nächsten hilflosen Versuch, das Gespräch in Gang zu bringen.

„Der Designer ist Deutscher", teilte Jane mit und betrat den Lift. „Mir persönlich gefällt unsere Cafeteria am besten. Ihre Gestaltung ist wirklich stil- und geschmackvoll. Ich empfehle Ihnen, nach den Interviews dort eine Tasse Kaffee zu trinken. Ein angenehmerer Ort lässt sich nur schwerlich vorstellen."

Mit dem Öffnen der Fahrstuhltür erstarb Janes Gesprächigkeit auch schon wieder. Ich dankte ihr für den guten Ratschlag, wofür Jane nur ein Nicken in Kombination mit ihrem pflichtbewussten Lächeln übrig hatte. Den weiteren Weg legten wir schweigend zurück. Von den glänzenden Schildern an den Türen blinkten Namen, die Türen gingen lautlos auf und zu, Leute strömten hin und her, mancher Vorübergehende nickte zur Begrüßung. Schließlich betraten wir ein Arbeitszimmer, auf dessen Tür ich gerade noch lesen konnte, dass es sich um das Sekretärinnenzimmer irgendeiner Abteilung handelte. Offenbar wussten die Leute von der Pressestelle genau, mit welchen Angestellten Journalisten zu sprechen wünschten. Vorzeigeangestellte, dachte ich mir.

Nach drei oder vier Interviews in unterschiedlichen Abteilungen des Hauses hatte ich das Bild der perfektesten und langweiligsten Firma erhalten, die jemals gegründet worden war. Die Angestellten spulten ihre eingeübten Aussagen herunter, ich machte mir gewissenhaft Notizen, und Janes zufriedener Haarknoten wackelte zurückhaltend. Ich verkündete schließlich, dass ich genug Material gesammelt hätte, und ließ mich in die Cafeteria führen.

Während ich einen Kaffee trank, stellte ich mit Bedauern fest, dass ich in Sachen Saul kein bisschen klüger geworden war. Saul Simon hatte nicht zu der Menge der Vorzeigeobjekte gehört, aber das hatte immerhin auch sein Gutes: So würde mir die Möglichkeit bleiben, ihn mehr oder weniger unbemerkt zu beschatten. Meine Führerin unterhielt sich mit einem Herrn am Nebentisch in einem grauen Anzug. Ich beschloss, Jane gleich nach Beendigung ihres Gesprächs um die Erlaubnis zu bitten, mit der persönlichen Sekretärin von Herrn Simon sprechen zu dürfen. Dieser Plan wurde jedoch durch die Hauptzielperson meiner Visite vereitelt.

Saul Simon höchstpersönlich stand in der Tür und kam dann direkt auf unseren Tisch zu. Jane wurde abwechselnd rot und blass und schaffte es schließlich mit Müh und Not, einen Gruß über ihre Lippen zu bringen. Saul begrüßte Jane rasch und wandte sich dann mit erhobenen Augenbrauen mir zu: „Wenn mich nicht alles täuscht, sind wir uns gestern im Theater begegnet."

Sein Personengedächtnis verblüffte mich. „Ja, ich war tatsächlich dort. Ich hätte nicht gedacht, dass Sie sich mein Gesicht gemerkt haben." Ich suchte mit zugeschnürtem Hals verzweifelt nach Worten.

Saul wandte sich nun Jane zu. „Ich hoffe, dass du unseren Gast mit dem Haus bekannt gemacht hast?", fragte er und beantwortete die Frage selbst auf unerwartete Weise: „Ich trinke auch eine Tasse Kaffee und begleite den Gast dann selbst hinaus, danke." Dieses „danke" klang allerdings mehr wie „steh auf und zieh Leine", denn genau das tat Jane. Nachdem sie sich von mir verabschiedet hatte, wippte ihr Haarknoten aus der Cafeteria hinaus.

„Ich bin froh, zwischendurch auch mal mit jemand Kaffee zu trinken, der nicht zur Firma gehört. Sie sind hier …". Die erhobenen Augenbrauen waren eine klare Frage.

„… von der Presse", vollendete ich den in der Luft hängenden Satz. „Ich schreibe einen Artikel über Ihre Firma für die Zeitschrift *Elu ja inimesed*. Allerdings habe ich wirklich nicht zu hoffen gewagt, Ihnen persönlich zu begegnen." Es fiel mir leicht, mit Saul zu sprechen. Seine ruhigen Augen folgten mir mit höflichem, aber nicht aufdringlichem Interesse. Er war ein angenehmer Mann.

„Ich muss sagen, dass Pressefritzen sehr lästig sein können, aber wenn ich Sie betrachte, ist es mir angenehm, in die Rolle des

Interviewten zu schlüpfen. Mit Wirtschafts- und Geschäftsangelegenheiten beschäftigen sich gewöhnlich nur langweilige Zeitungsleute, aber Sie bilden eine erfreuliche Ausnahme inmitten dieser Masse aufdringlicher Gestalten. Entschuldigung, aber wir haben uns bestimmt noch nicht vorgestellt?"

Ich spürte, dass ich gerade mein Geburtstagsgeschenk bekommen hatte. Ein perfekter Mann machte mir Komplimente, lachte und fühlte sich wohl in meiner Gesellschaft. Ich fühlte mich auf einmal wieder attraktiv und begehrt. Mit Freude stellte ich fest, dass sich der Aufwand heute Morgen ausgezahlt hatte. Ich bedankte mich für die Komplimente, stellte mich vor und warnte scherzhaft, dass ich alles, was er mir erzählte, in die Zeitschrift setzen könne.

„Seht mir doch diese Überflüssigen! Krank sind sie immer, sie erbrechen ihre Galle und nennen es Zeitung", zitierte Saul mit offensichtlichem Wohlbehagen und fuhr rasch fort, als wolle er sich entschuldigen: „Das glaube ich nicht. Sie machen nicht den Eindruck, als wollten Sie schnüffeln, und so viel Menschenkenntnis habe ich dann doch." Saul sah auf die Uhr.

„Sie haben es eilig", bemerkte ich mit Bedauern. Ich hatte den Wunsch, weiter in diesem warmen Gefühl zu schwelgen, das mich in der Gesellschaft von Saul durchströmte.

Saul Simon beugte sich zu mir hinüber und fragte mit gesenkter Stimme: „Haben Sie gesehen, wie die Zeit verflogen ist? Du brauchst nur einen Augenblick von der Zeit festzuhalten, wenn du ihn schon zwischen den Fingern entgleiten siehst." Saul fiel zurück in seinen vorigen Zustand und durchbohrte mich mit seinen Augen. „Ich esse um zwei Uhr im Restaurant *Palace* zu Mittag. Kann ich Sie in irgendeiner Form mit meiner Gesellschaft erfreuen?"

Eigentlich hätte ich ablehnen müssen, aber irgendetwas zwang mich, schon vor dem Ende der Frage mit dem Kopf zu nicken. Ich entschuldigte mich eilends: „Natürlich entkommen Sie dann nicht meinen Fragen. Und ich habe eine Menge davon."

„Natürlich entkommen Sie dann nicht meinen Antworten",

lachte Saul zurück. Damit waren wir uns einig geworden.

Saul stand auf und ließ mich verdutzt mit meinem inzwischen kalt gewordenen Kaffee zurück. Alles war viel zu schnell gegangen. Ich war ein bisschen aus dem Gleis geraten. Ich musste mir selbst eingestehen, was mir in der gegebenen Situation am unerwünschtesten war: Saul gefiel mir verdammt gut. Seine Augen, Hände, Haare. Wie er sprach, seine Stimme. Ich wartete schon sehnsüchtig auf das mittägliche Treffen und war schon fast dabei, meinen eigentlichen Auftrag zu vergessen. Mein Unterbewusstsein entschuldigte mit Leichtigkeit, was zwischen uns unausgesprochen geblieben war: Je näher ich ihm war, desto leichter konnte ich ihn beschatten …

9 Ich hatte noch ein paar Stunden Zeit, fand aber keine Ruhe. Nachdem ich eine Stunde lang im Auto sitzend die Tür der Firma beobachtet hatte, ließ ich den Wagen auf dem Parkplatz stehen. Meine Füße trugen mich wie von selbst zum *Palace*, einem schicken Lokal an einer befahrenen Straße am Rand des idyllischen und beruhigenden Labyrinthes der Altstadt, und bald fand ich mich in der Bar des Restaurants sitzend wieder. Meine Gedanken gingen in alle Richtungen durcheinander. Ich erwartete und fürchtete zugleich Sauls Ankunft, der Boden unter meinen Füßen schwankte.

„Was kann ich Ihnen bitte bringen?“, weckte mich die ferne Stimme des Barkeepers.

Mir? Ich bestellte einen Saft, der blitzschnell vor mir erschien. Ich sog mechanisch die gelbliche Flüssigkeit in mich hinein. Mir fiel ein, dass ich sonst eigentlich keinen Orangensaft trank.

„Bitte eine Tasse Tee“, gab ich rasch eine neue Bestellung auf, und meinem Wunsch wurde ebenso rasch stattgegeben.

Eigentlich war ja nichts passiert: Ich würde das Interview mit Saul machen und meine Arbeit fortsetzen. Auf der anderen Seite war eine solche Bekanntschaft auch erregend, und ich wollte sie nicht sofort beiseite werfen. So wusste ich weder, was ich tun sollte, noch, was ich wollte.

Die Nähe eines maskulinen Mannes brachte eine wahre Flut von Erinnerungen an meine missglückten Beziehungen zurück an die Oberfläche. Vor vier Jahren hatte ich noch ganz traditionell den Erwartungen meiner Umwelt entsprechend geheiratet, mich selbst vergessend, leidenschaftlich, endlich „bis dass der Tod uns scheidet". Es schied uns aber das Leben, dessen Wogen über uns zusammenschlugen und mich in das nächste Verhältnis trieben. Im Nachhinein betrachtet war es sogar schon fast komisch, mit welch naiven Hoffnungen wir begonnen hatten. Im Laufe eines Jahres hatte ich mich allerdings selbst verändert, und meine Orientierung und die Welt um uns herum hatten es ebenfalls getan. Es keimte in mir der Wille auf, mich auf die Probe zu stellen, das Leben brodelte und bot neue Möglichkeiten. Wir packten sie, wir beide.

Immer noch schärfte ich mir ein, dass wir beide schuld waren. Ich hatte meine erste außereheliche Beziehung mit einem Mann, aber Seitensprünge gab es bei beiden von uns. Meine Affäre flog als Erste auf, und als die Sache herauskam, da ließen wir uns auch schon scheiden. Seit diesem Zeitpunkt hallten das Knallen der Tür und die darauf folgende lange Stille in meinen Ohren.

Jetzt verbrachte ich ein- oder mehrmals im Monat eine Nacht mit Karl, je nach Wunsch. Die Beziehung befriedigte uns beide: Karl brachte sie Abwechslung in sein in Routine abgleitendes Eheleben, und ich wollte mich nicht zu sehr an einen Mann binden, denn ich war überaus vorsichtig geworden.

Aber jetzt musste ich wieder zur Ruhe kommen, es war Zeit, die Situation nüchtern zu taxieren. Ich war nicht mehr so unerfahren, dass ich mich von der Begeisterung einer ersten Begegnung hätte hinwegtragen lassen.

Saul war unstrittig ein interessanter Mann, und umso mehr konnte an Evas Verdacht etwas dran sein. Ich erwog eine Minute die Varianten und fand, dass ein Interview tatsächlich eine großartige Gelegenheit sei, von ihm selbst so manches zu hören zu bekommen. Auch war das Gespräch, das ich mit diesem Menschen führen würde, ganz einfach keine schlechte Abwechslung in meinem täglichen Einerlei. In der Cafeteria hatte Saul etwas zitiert, was ich auch gelesen hatte, aber der Titel des Buches wollte mir nicht einfallen. Jedenfalls interessant. Ich wühlte in meiner Tasche und ertastete dabei mit den Fingern die kühle Oberfläche des Aufnahmegeräts. Ein einstündiges Gespräch würde vollständig auf eine Seite des Bandes passen. Die Tasche neben dem Tisch würde niemanden stören, und das leise Geräusch des Bandes würde bei der sanften Hintergrundmusik des Restaurants nicht zu vernehmen sein. Ich war ungemein neugierig. Ich wartete.

10

Saul traf um Punkt zwei Uhr ein. Sein Auftritt war genauso effektvoll wie das Mal zuvor. Ich schaltete das kleine Aufnahmegerät ein und erhob mich lächelnd vom Barhocker.

„Es passiert nicht gerade oft, dass mich eine so attraktive Gesellschaft erwartet. Die Situation ist sonst immer andersherum gewesen", sagte Saul anstelle einer Begrüßung und fuhr damit fort, die bereits in der Firma begonnenen Komplimente weiter auszuteilen.

„Und passiert dieses umgekehrte Warten oft?", fragte ich, darum bemüht, meine unmittelbaren Verpflichtungen nicht in Vergessenheit geraten zu lassen.

„Jetzt leider nur in Geschäftsangelegenheiten", parierte Saul.

Saul ließ uns zu einem Tisch geleiten. Ich bat ihn, für uns beide die Speisekarte durchzublättern, und betrachtete den Mann währenddessen ein wenig aus der Nähe. Die hohe Stirn, das kräftige Kinn und die dunklen Augen fielen zuerst auf. In den schwarzen Haaren erschienen auch einige silberne Strähnen, und während ich mir die relative Jugend des Mannes vor Augen hielt, hatte ich die Hand eines Friseurs in Verdacht, der das Grau sorgfältig hineinmischte. Jedenfalls absolut sexy. Irgendetwas fesselte mich an Sauls Augen: Dort wechselten Ruhe und Erregung einander ab, schelmisches Funkeln und müde Glanzlosigkeit. Aber als Saul den Blick hob und mich anlachte, verflüchtigte sich das Ergebnis meiner Beobachtungen, und mir gegenüber saß ein erfolgreicher Geschäftsmann mit ruhigen Augen, der sein Interesse an meine zurückhaltende Person verschwendete.

„Ich würde gerne etwas Leichteres nehmen", sagte Saul einen Augenblick später, und nun war ich gezwungen, selbst die Speisekarte in Augenschein zu nehmen. Als wir bezüglich der Auswahl zu einer Einigung gelangt waren und sie an den Kellner losgeworden waren, der neben dem Tisch seinen Diener machte, legte ich mein Notizbuch auf den Tisch und drehte den Kugelschreiber zwischen den Fingern.

Saul reagierte erwartungsgemäß: „Lassen wir vielleicht das Schriftliche diesmal beiseite. Papier und Kugelschreiber lösen in mir eine eigenartige Abwehrhaltung aus. Sie hindern mich daran, gute Gesellschaft oder delikates Essen ordentlich zu genießen. Natürlich kann ich Ihnen nicht verbieten, unser Gespräch zu publizieren, aber ... eigentlich sollten wir nicht so viel über mich reden. Erzählen Sie lieber von sich!"

Über mich gab es freilich nichts Besonderes zu erzählen. „Du wirst lauter Lügen zu hören bekommen", dachte ich ein wenig melancholisch. Jetzt brauchte er zumindest auch nicht das in der Tasche laufende Gerät zu befürchten. Ich legte den Stift gehorsam beiseite.

„Meiner Meinung nach gibt es interessantere Persönlichkeiten als mich", sagte ich aufs Geratewohl. „Was interessiert Sie denn?"

Natürlich würde ihn alles interessieren, und ich musste befürchten, dass der Wechsel in der Gesprächsführung banal erschien.

„Alles", erklang es denn auch auf der anderen Seite des Tisches, und ich war auf eine ironische Antwort vorbereitet, als Saul seinen halb vollendeten Satz zu Ende brachte: „Zum Beispiel, warum ich für die Leser von *Elu ja inimesed* von Interesse sein sollte, wo doch erst vor zwei Monaten ein langer Artikel in Ihrer Zeitschrift erschienen ist."

Hm. Das stimmte zwar, und wie in allen vorigen Artikeln war auch in diesem lang und breit von den Erfolgen der Simons die Rede gewesen, aber zum Beispiel war nichts darüber erwähnt worden, woher das Startkapital der Firma stammte. Ich hatte diese Frage von Saul erwartet, und deshalb hatte ich auch bereits eine Antwort parat. Schade natürlich, dass mein Presseausweis ausgerechnet von dieser Zeitschrift war, aber da konnte man nichts machen. Ich musste mich weiter neugierig zeigen, und so ließ ich meinen Fragen freien Lauf:

„Mich hat die Herkunft Ihrer Gelder interessiert, Ihres Startkapitals also."

„Und sind Sie über seine Herkunft aufgeklärt worden?", fragte Saul mit offensichtlicher Ironie, und der schelmische Ausdruck schwand keineswegs von seinem Gesicht.

Ich musste verneinen: Was blieb mir anderes übrig? Die Begründung für das Interesse des Blattes war zweifelsohne schwach. Ich hatte auch in der Firma diese Frage vorgetragen, aber alle hatten unbestimmt von irgendwelchen Transaktionen auf dem Devisenmarkt in der Zeit der Einführung der estnischen Krone und der Abschaffung des Rubels geredet, die angeblich denjenigen genauer bekannt seien, die bei der Gründung der Firma dabei gewesen waren.

Sauls Augen lachten: „Die ersten Zehntausend waren das Erbe eines Großonkels im westlichen Ausland, und das war das Startkapital. Weiter ging es mit Transaktionen auf dem Devisenmarkt und mit Liegenschaften." Der Mann machte eine Pause, als müsse er sich darüber klar werden, ob seine Geschichte glaubwürdig klang. Es blieb der Eindruck, dass sich Saul einen Scherz erlaubte. Gewiss, in den USA, Schweden oder Finnland lebten Tausende von Exilesten, aber das Erbe eines Großonkels aus dem westlichen Ausland klang in diesem Zusammenhang geradezu kindisch. Dann fügte er etwas nüchterner hinzu: „Hätten Sie mich sofort gefragt, hätten wir uns nicht stundenlang sinnlos abmühen müssen."

Ich versuchte, mein charmantestes Lachen von mir zu geben, denn ich hatte nicht die Absicht, einen Streit vom Zaun zu brechen. Also entschärfte ich die Situation, indem ich sagte, dass ich mich natürlich nicht erdreistete, meine Nase in Familienangelegenheiten zu stecken.

„Ich würde nicht behaupten, dass mein Besuch ergebnislos verlaufen ist. Ein Artikel über einen Mann wie Sie verkauft sich in der Presse sowieso jede Woche."

Oh, was für ein Süßholzraspeln! Oh, welch plumpe und doch so ehrliche Schmeichelei! Sauls Gesicht bekam einen weicheren Zug, und der Mann schluckte die Erklärung offensichtlich.

„Das Kompliment aus Ihrem schönen Mund ist Musik für meine Ohren", sagte er und verbeugte sich so tief, wie das im Sitzen nur möglich war. „Ist es zu aufdringlich, wenn ich Ihnen das Du anbiete? Unnötige Konventionen stehen einem angenehmen Gespräch so oft im Weg."

Ich wagte kaum zu hoffen, dass Saul mit mir flirten wollte, aber es hatte jedenfalls den Anschein. Wenn an Frau Simons Verdächtigungen etwas dran war, dann läge in ihnen auch etwas Wunderbares. Natürlich war ich mit dem Vorschlag einverstanden, uns zu duzen.

„Wie hat Ihnen … dir die Aufführung gestern gefallen? Die Verhunzung der Klassiker in unseren Theatern hat mich schon oft genug halb wahnsinnig gemacht. Zum Glück hat sich der Regisseur diesmal wenigstens an den Text gehalten."

Saul wurde ernst. Stille senkte sich über unseren Tisch.

„Die Begeisterung ließ nach dem ersten Akt allmählich nach. Sie spielen es ja schon über ein Jahr lang", brachte ich von meiner Seite her ein. Natürlich ließ ich ungesagt, dass es vor allem meine Begeisterung gewesen war, die nach dem ersten Akt nachgelassen hatte. Man konnte einen Klassiker ja modern inszenieren, aber wenn man es übertrieb, machte man aus einem guten Text oft nur ein liebloses Gezappel. Jetzt war man zum Glück in die alten Bahnen zurückgekehrt, und man konnte nicht behaupten, dass das Theater dadurch verloren hätte.

„Eva ist zwar keine große Theaterfreundin, aber sie geht gerne aus", fuhr Saul fort und fügte mit der ihm eigenen Ironie weicher hinzu: „Sie liest zwar viel, aber …", Saul zuckte unmerklich mit den Achseln, „… einigen gefällt es, das lebende Bild zu sehen, andere lassen lieber ihrer Phantasie zu Hause freien Lauf. Seid ihr euch früher schon einmal begegnet? Du warst doch auf der …"

„… Universität", führte ich Sauls Satz zu Ende. „Literatur." Ich hatte nicht die Absicht, länger bei meiner Wenigkeit zu verweilen. Saul war jedoch anderer Ansicht.

„Und von dort direkt zur Zeitung? An der Universität gibt es doch auch eine Journalistenausbildung. Ich finde deinen Werdegang ziemlich ungewöhnlich."

„Das würde ich nicht sagen. Viele Studierende der Universität entscheiden sich für den Journalismus. Und in die Vorlesungen über Journalismus durften wir alle gehen. Das wirkliche Leben ist interessanter als das der Bücher. Das Studieren irgendwo an der Universität oder das Stöbern in Archiven ist nicht so ganz mein Fall."

Ich hatte nicht gelogen. Das heißt, ich log nur ein bisschen. Ein ganz kleines bisschen.

„Eva hat auch Literatur studiert, aber sie hat ihr Studium abgebrochen. Ein Treffen wäre sicher interessant für euch." Entweder schien es mir so, oder in Sauls Augen glomm wirklich ein winziger spöttischer Funke auf. Nein, er konnte von unserer Begegnung nichts erfahren haben, beruhigte ich mich.

Ich bemühte mich, das Gespräch in unverfänglichere Bahnen zu lenken. Schließlich war ich nicht zum Flirten hier, machte ich mir klar.

„Wie bleibt dir Zeit für die Familie? Du bist ja dauernd eingespannt."

Saul sah mir einen Augenblick lang tief in die Augen und sagte dann etwas leiser:

„Es bleibt keine Zeit. Ich bin in Gedanken in jedem freien Moment zu Hause. Oft gibt es solche freien Momente aber nur in den Nächten. Meine Tochter schläft. Meine Frau schläft. Am Morgen gehe ich zur Arbeit, so spät wie möglich, um ein wenig Zeit gemeinsam mit ihnen zu verbringen. In einem Monat lege ich die Funktionen als geschäftsführender Direktor und als Vorstandsvorsitzender meiner Firma nieder. Der Laden läuft. Für das Leben ist mehr als vorgesorgt. Es reicht. Ersatz besteht. Ich mache nur noch im Vorstand weiter." Die Sätze kamen schließlich so abgehackt, dass Saul diesmal schon ein sehr guter Schauspieler hätte sein müssen, wenn er nicht ehrlich war. Aber ... Das war ja eine Sensation!

Doch was hatte ich davon?

Ich bedauerte aufrichtig, nicht in journalistischem Auftrag hier zu sein. Andererseits konnte ich ja die Information einfach an ein paar Zeitschriften verkaufen. Ich unterdrückte den Gedanken gleich wieder: Ich wollte nicht, dass Eva Simon mich dafür bezahlte, dass ich zu Zeitschriften rannte und Informationen, die mit der Angelegenheit nichts zu tun hatten, an die Öffentlichkeit durchsickern ließ.

Zum Glück erinnerte ich mich an die Rolle, die ich zu spielen hatte, und beeilte mich zu fragen: „Kann ich diese Informationen veröffentlichen?"

„Nein!" Saul lachte und schwenkte wieder auf seine wehmütige Linie ein: „Eine Eröffnung, die man in angenehmer Gesellschaft gemacht hat, ist keine. Die Vertragspartner werden früh genug ihr Geschrei erheben, die Veränderung lässt sicher die Aktienkurse abstürzen und ... es ist noch zu früh. Verstehst du das?" Diese letzte Frage kam mit einem solchen Blick und in einem solchen Ton einher, dass sie eher wie eine Drohung wirkte.

Natürlich hatte ich nicht vor, mit Saul Simon vor Gericht zu ziehen. Ich flüchtete mich in ein Lächeln und nickte: „Eine schwierige Zeit?"

Saul nickte nun seinerseits. Offensichtlich waren Evas Verdächtigungen also übertrieben gewesen. Aber andererseits: Wenn unser mittäglicher Flirt nicht in diese Kategorie fiel, was spielte sich dann hier ab? Sauls letzten Worten nach zu urteilen verflüchtigten sich jedenfalls die schönen Träume von einer Romanze zwischen uns beiden und einem Trio ganz anderer Art in weite Ferne.

Das Essen kam, und wir nahmen die ersten Bissen schweigend ein. Ich hätte Saul gerne direkt nach seiner allabendlichen Abwesenheit gefragt, brachte es aber nicht übers Herz. In mir nagte die Neugierde, und außerdem hoffte ich, zu Erkenntnissen für meinen eigentlichen Auftrag zu gelangen. Wenn ich hörte, wo er sich bewegte, wusste ich, wie ich ihm am besten folgen konnte. Ich versuchte auf Umwegen noch einmal mein Glück: „Sieht man dich ab und zu auch anderswo als bei der Arbeit oder beim Mittagessen?"

Als mir diese Frage entschlüpfte, war ich selbst überrascht. Auch in Sauls Augen spiegelte sich ein Weilchen die pure Überraschung, bevor er ganz unhöflich in Gelächter ausbrach und mit fröhlichem Blick fragte: „War das ein Angebot?"

„Nein." Ich versuchte, meiner Stimme einen metallischen Klang zu verleihen. Die Röte, die mir in die Wangen schoss, verriet mich. „Es ist einfach interessant, wie der Tag eines Millionärs aussieht."

„Der besagte Millionär fängt bald an, das Leben zu genießen." Die Lachfältchen um die Augen des Mannes wollten nicht verschwinden. „Einmal in der Woche gehe ich zur Vorstandssitzung, die übrige Zeit angle und lese ich."

Saul beugte sich zu mir vor und berichtete im Vertrauen: „Ich habe mich noch nicht so recht entschieden, ob ich lese und angle oder umgekehrt. Vielleicht angle ich sogar beim Lesen."

Es schien, als erschrecke Saul vor seiner eigenen Courage. „Ja, so lange das liebe Leben noch dauert", fügte er in verändertem Tonfall hinzu.

Ich packte die Katze am Schwanz: „Wohin entschwindet dieses liebe Leben denn immer?"

Sicher hätte man diese Frage nicht besser stellen können als ich es getan hatte. Sauls Gesichtszüge verhärteten sich.

11

Wir hatten insgesamt ungefähr eine Stunde in dem Restaurant zugebracht. Jetzt hörte ich das Band wieder und wieder an. Das ganze Gespräch war in erträglicher Qualität aufgenommen worden. Ich saß in einem Hotelzimmer an der Liivalaia tänav gegenüber vom Hauptbürogebäude der *Simon GmbH* und starrte auf das Fenster von Sauls Büro. Und da bekam ich nicht gerade viel zu sehen, aber zwischen den Vorhängen konnte ich menschliche Umrisse ausmachen. Ich hob das Fernglas an die Augen und spähte im Dämmerlicht auf „Onkel Dagoberts Geldspeicher“, wie ein Journalist das Gebäude genannt hatte.

Die Menschen bewegten sich hin und her. Ein Mann, der mit dem Rücken zum Fenster saß, hielt einen Telefonhörer ans Ohr und winkte mit der Hand einen lautlos vorbeieilenden Mann herbei. Alles geschah geräuschlos, nur meine Herzschläge durchbrachen die vollkommene Stille. Auch von hinten betrachtet bestand kein Zweifel an der Identität der Person, von der die machtvollen Winkbewegungen ausgingen. Saul hatte sich im Verlauf mehrerer Stunden nicht von seinem Schreibtisch erhoben.

Ich spulte das Band erneut zurück. „Was wissen Sie über das Dahinschwinden des Lebens?“, hatte Saul düster gefragt. Es war keine Frage im eigentlichen Sinne gewesen, eher eine Feststellung. Wir hatten noch ein wenig über belanglose Dinge geplaudert, aber nach meiner Frage hatte sich zwischen uns eine eiserne Trennwand aufgebaut. Die Scherze entlockten uns nur noch ein müdes Lächeln, es entstanden peinliche Pausen, und schließlich hatte sich Saul mit den Worten entschuldigt, dass er zurück ins Büro müsse.

„Es war nett, Sie zu treffen“, hatte er sich im Weggehen abgerungen und dazu angestrengt gelächelt. Hatte der Mann als Sternzeichen Zwilling oder Waage, dass seine Stimmung derart rasch umschlug? Ein ernsthafter Flirt war zu einer kühlen Begegnung mit einem Zeitungsmenschen geworden, und das tat mir Leid. Saul arbeitete also, ordnete vor seinem Rücktritt seine Sachen und würde dann in den Schoß der Familie zurückkehren. Eva würde sich nicht mehr lange Sorgen machen müssen. Während Sauls letzter Arbeitswoche würde ich den Mann überwachen, und in der weiteren Zukunft würde sie das selbst erledigen können. Aus einem spannenden Auftrag war ein Routinefall geworden. Ich starrte stumpfsinnig zum Fenster hinüber, machte ein paar Bilder, notierte auf Zetteln die Uhrzeit und wartete, dass der Mann endlich nach Hause ging.

Aber wenn er sich für mich interessiert hätte, hätten wir vielleicht manche Außeneinsätze zusammen unternehmen können … Zum Zeitvertreib ließ ich meinen Gedanken freien Lauf. Einerseits war es schade, dass aus einer Bekanntschaft, die sich viel versprechend angelassen hatte, nichts geworden war, andererseits machte ich mir klar, dass ich eine hohe Arbeitsmoral hatte. Pah!

Ich zog in Gedanken wieder eine kleine Zwischenbilanz.

Erstens: Saul arbeitete viel. Zweitens: Abends war er trotzdem oft nicht auf Arbeit. Drittens: Wusste Eva von seinem Plan, den Direktorenposten der Firma zu räumen? Wahrscheinlich wusste sie es. Bestimmt. Viertens: Saul neigte zu Flirts, offenbar auch zu mehr, aber er schien sehr an seiner Familie zu hängen. Was schlossen wir daraus? Nichts. Die Routineuntersuchung würde weitergehen.

Am wenigsten konnte ich das Verfolgen und Beschatten leiden, wenn es keinen Grund dafür gab. Ich langweilte mich, und Langeweile verabscheute ich nahezu physisch.

Es ging schon auf zehn Uhr zu, und draußen war es dunkel. Endlich sah ich, wie Saul das Zimmer verließ. Ich wartete noch ein paar Minuten und warf genau in dem Moment einen Blick auf die Straße, als der Mann auf den Parkplatz zuging. Ich rannte aus dem Zimmer, flog die Treppe hinunter ins Foyer, rempelte den Türsteher an und stürzte zu meinem Ford, der vor der Hoteltür stand. Fünfzig Meter weiter vorne waren die Lichtkegel des Jaguars auf der Straße zu sehen. Ich wartete einen Augenblick und nahm dann mit einem gewissen Sicherheitsabstand die Verfolgung auf.

Saul fuhr direkt nach Hause, stellte das Auto in die Garage und ging in das Haus. Durch die Gardinen hindurch sah ich die Frau ihren Gatten umarmen.

Jetzt war es aber genug! Der Held ist zu Hause angekommen, um seine Frau zu beglücken und sich in sein behagliches Nest zurückzuziehen, dachte ich bei mir, als ich meinen Ford auf der Straße wendete. In Gedanken war ich schon bei einem heißen Tee, einer erfrischenden Dusche und einem weichen Bett.

12 Der Tag war aber noch nicht zu Ende. Die erfrischende Dusche war das einzige meiner Vorhaben, das zur Durchführung gelangte, die übrigen wurden durch das heftige Klingeln der Türglocke zerstört. Ich warf mir meinen Morgenmantel über und ging die Tür öffnen. Mit Karl war heute nicht zu rechnen, wer mochte mich also gegen elf Uhr abends mit seinem Besuch beehren?

Ich blickte durch den Spion und traute meinen Augen nicht: Auf dem Treppenabsatz stand das kleine graue Männlein, das ich im Theater „den Buchhalter" getauft hatte. Ich öffnete die Tür und vermochte vor Verblüffung nicht einmal, „Hallo" zu sagen. Der Mann rechnete offensichtlich auch gar nicht damit, murmelte etwas wie eine Begrüßung und huschte, ohne auf eine Aufforderung zu warten, in die Wohnung. Ich schloss die Tür. Solche Situationen machten mir keine Angst: Sollte der Mann aufdringlich werden, würde ich ihn ganz rasch vor die Tür setzen.

„Entschuldigen Sie, dass ich Ihnen am Abend Ungelegenheiten bereite", murmelte der Mann nervös. Sein Estnisch war fließend und nur mit einem ganz leichten russischen Akzent. „Ich muss mit Ihnen sprechen."

Ich hatte mich von der jüngsten Überraschung erholt und sagte giftig, dass es, was den Abend betreffe, jetzt schon keiner mehr sei.

„Verzeihen Sie nochmals, aber hören Sie mich bitte an. Dann werden Sie verstehen. Ich hoffe sehr auf Sie."

Vorläufig begriff ich gar nichts. Alle aus Sauls Umgebung hofften auf mich: Was wurde hier gespielt? Was konnte der Buchhalter brauchen?

Ich bat ihn, näher zu treten, was der Mann auch tat. Die

schief getretenen Schuhe hinterließen dunkle Flecken auf dem Boden. Vielleicht war es besser, wenn er die Schuhe nicht auszog, wer konnte wissen, was aus den Schuhen noch herauskommen würde! Meine Laune war verdorben: Solche Abendstunden gehörten ausschließlich mir, und irgendwelche x-beliebigen Buchhalter hatten nicht das Recht, sie zu verderben.

Der Mann ließ sich, ohne um Erlaubnis zu fragen, in einen Sessel plumpsen und nahm seinen Diplomatenkoffer auf die Knie. Ich konnte nicht behaupten, dass er mir dadurch sympathischer geworden wäre. Ich nahm selbst Platz und zog den Morgenmantel über den Knien enger zusammen.

„Ich habe Sie heute in unserem Büro gesehen, Sie haben Leute interviewt, und … Sie haben mit Herrn Simon gesprochen, und …"

Es gelang ihm nicht, auf den Punkt zu kommen. Ich nickte aufmunternd, wenn auch ein wenig ungeduldig.

„Ja, entschuldigen Sie, dass … ich mich nicht vorgestellt habe", stammelte der Mann weiter. „Ich arbeite bei Herrn Simon, oder von Rechts wegen als sein Partner, und … seine Geschäftsangelegenheiten sind auch unsere gemeinsame Angelegenheit, und … was das Finanzielle betrifft, bin ich sozusagen, oder vielmehr … sorge ich dafür, dass die Buchhaltung in Ordnung ist und … ich lege Geld an und … andere solche Sachen. Mein Name ist Alexander Panin", schloss er rasch, wobei er sich bemühte, seinen letzten Satz durch eine merkwürdige Verbeugung zu unterstreichen.

„Seinen Namen weiß er wenigstens noch", dachte ich giftig. Also tatsächlich ein Buchhalter. Meine Laune begann sich zu bessern – ich hatte immerhin den Beruf des Mannes erraten! Warum konnten sich diese Büromenschen nicht selbst um ihren Kram kümmern? Dieses Männlein hatte garantiert ein paar Millionen unter dem Arsch, und trotzdem sah der Typ aus wie ein Penner. Ein Junggeselle, schlussfolgerte ich.

„Und wie komme ich zu der Ehre …", begann ich, doch der Mann ließ mich nicht ausreden.

„Ich habe Angst. Ich weiß nicht, wie viel Ahnung Sie davon haben, was in unserer Firma hinter den Kulissen vor sich geht, aber … Sie sind Journalistin?“

Ich nickte langsam.

„Sie sollten etwas darüber schreiben, das würde helfen, alles zu erklären, ohne dass ich in die Sache hineingezogen würde. Die vorige Journalistin ließ alles Wesentliche ungesagt, obwohl ich darum bat … Sie nimmt keine Telefonate mehr entgegen und hat auch ihre Stellung gekündigt.“ Schweißtropfen traten dem Mann auf die Stirn. Panins Aufregung griff unfreiwillig auch auf mich über.

Da im Redestrom des Mannes eine Pause entstanden war, bemühte ich mich, das Gespräch in für mich angenehmere Bahnen zu lenken. Männer haben die unerfreuliche Eigenschaft, bei Adam und Eva und der Erschaffung der Welt anzufangen und mit Zitaten aufzuhören, ohne es selbst zu bemerken. Mein Gesprächspartner war offensichtlich rhetorisch einfach nicht besonders bewandert.

„Worüber soll ich denn schreiben? Ich habe die Leute lange und ausführlich interviewt. Für einen interessanten Artikel reicht es auf jeden Fall“, spielte ich meine Rolle weiter. Es mochte immerhin sein, dass ein Informationsbröcklein konkret für meine Belange dabei abfiel.

„Sie verstehen den Ernst der Lage nicht!“, quiekte Panin verzweifelt, und während er angestrengt nach Worten suchte, begann er noch mehr zu schwitzen. „Ich habe wirklich Angst. Hören Sie mich bitte an, ich erkläre Ihnen alles von Anfang an.“

Wir waren also noch gar nicht beim Anfang angekommen! Adam und Eva waren offenbar ein viel zu später Einstieg gewesen, und wir begaben uns mit unserer Geschichte sogar zu einem noch früheren Zeitpunkt zurück! Da der Abend ohnehin ruiniert war, suchte ich mir eine bequeme Sitzposition und gab zu verstehen, dass ich voll und ganz Ohr sei.

Der Mann ließ sich in die Lehne fallen und begann: „Als wir vor ungefähr sieben Jahren anfingen, waren wir zu siebt. Ich war der älteste von uns und einer von zweien mit einem wirtschaftswissenschaftlichen Hochschulabschluss. Saul hatte an der Universität die naturwissenschaftliche Fakultät abgeschlossen, und er hatte einfach einen guten Riecher für Geschäfte. Wir begannen wie so viele andere nach der Wende mit kleineren Transaktionen und handelten mit allem, was irgendwo anfiel. Dann kam Saul eines Tages und verkündete, dass er mit jedem einzeln reden wolle. Ich weiß nicht, worüber er mit den anderen sprach, aber mich fragte er, wie schnell ich eine Million verzehnfachen könne. Bis zu diesem Zeitpunkt hatten unsere größten Gewinne nur das Vierfache betragen, ganz selten auch einmal das Fünffache, doch lösten sich diese Gewinne rasch wieder in Luft auf. Eine Million war damals so unvorstellbar viel Geld, dass es für mich eine richtige Herausforderung darstellte. Ich antwortete, dass ich dafür ein Jahr bräuchte, und er nahm es mir tatsächlich ab. Das Geld kommt dorthin, wo schon welches ist, und der Teufel scheißt immer auf den größten Haufen."

Der Buchhalter war wie in Trance. Seine Augen waren starr auf den Boden gerichtet, und seine Hand zitterte auf der Armlehne des Sessels. Dann fuhr er mehr oder weniger flüssig fort: „Die Million kam. Als ich fragte, woher sie stammte, lachte Saul nur und sagte, dass die reichen Onkels noch nicht von der Erdoberfläche verschwunden seien."

„Mir hat er dieselbe Geschichte aufgetischt", schob ich ein.

„Danach haben Sie ihn gefragt?" Der Mann sah überrascht zu mir auf.

„Natürlich habe ich das gefragt", sagte ich ein wenig ärgerlich, denn ich spürte, dass Panin mit seiner Erzählung zu keinem Ende kommen wollte. „Ich bin schließlich Journalistin, mich interessiert alles."

„Natürlich, natürlich", begann mein später Gast zu stottern und fuhr dann mit seinem Epos fort. „Ich habe auch die anderen gefragt, doch sie haben alle dasselbe berichtet. Aber ich habe gemerkt, dass sie viel mehr wussten. Sie hatten kein Vertrauen zu mir, und das kränkte und reizte mich. Saul schaffte es immerhin, mich einigermaßen zu beschwichtigen, schmeichelte mir und lobte mich … Er ist ein Meister darin, Leute um den Finger zu wickeln."

Mir riss allmählich der Geduldsfaden. War ich denn hier die Psychotherapeutin, vor der man seine Ängste ausbreitete?

„Und was befürchten Sie?" Ich hatte keine Geduld mehr, auf das Ende der Geschichte zu warten. „Sie haben Ihre Arbeit erledigt, und das offenbar vorbildlich. Was bereitet Ihnen Angst?"

„Sie sind alle tot", sagte Panin leise.

Ich verstand gar nichts. Tot? Wer?

„Von den sieben sind nur noch Saul und ich am Leben. Die anderen sind tot", sagte Panin nur.

13

Ich war bestürzt. Diese Geschichte nahm allmählich einen allzu düsteren Ton an. Ich war es gewohnt, Menschen zu verfolgen, sie im Bedarfsfall zu fotografieren und zwischendurch in einem Archiv zu wühlen, aber diese Erzählung fiel allmählich doch eher in den Zuständigkeitsbereich der Polizei. Nachdem ich mich gesammelt hatte, fragte ich: „Wie sind sie umgekommen?"

Der Mann schien meine Frage gar nicht gehört zu haben. „Vor fünf Jahren begann das Geld geradezu in die Firma zu strömen. Unsere Investitionen waren erfolgreich. Saul traf sich mit Leuten, überzeugte sie … Aber das ist nicht wichtig. Alles ging ehrlich zu, und der Name der Firma ist makellos rein. Niemand kann uns als unehrenhafte Spekulanten oder Diebe bezeichnen."

Seine Stimme hatte sich zu einem Kreischen gesteigert, als sei er bemüht, sich selbst oder mir etwas zu beweisen. Ich nickte leicht. Ich hatte nicht die Absicht, mit einem hysterischen alten Junggesellen an der Brust über die Ungerechtigkeit der Welt zu weinen.

„Unser Geschäft haben wir ehrlich betrieben", bekräftigte er noch einmal und richtete sich stolz im Sessel auf. „Aber unsere Geschäftspartner … Der Erste starb vor ungefähr einem Jahr bei einem Autounfall. Der Zweite stürzte sich einige Zeit später von einem Hoteldach. Der Dritte geriet in einen Überfall von Gangstern auf einen Supermarkt und bekam eine Kugel in den Bauch", zählte Panin gleichgültig auf, als mache er Inventur.

Warum erzählte er mir das alles? Ich wusste nicht mehr, ob ich das überhaupt hören wollte.

„Der Tod der übrigen beiden ist noch merkwürdiger. Sie starben an Herzversagen. Im Abstand von zwei Wochen ..."

Es schien, als genieße Panin den Eindruck, den er hinterlassen hatte. Ich sah bestimmt ziemlich verständnislos aus der Wäsche.

„Die Umstände dieser Todesfälle", begann ich vorsichtig, „sind natürlich untersucht worden, und die Schuldigen sind vermutlich festgenommen worden?"

„Im Großen und Ganzen ja. An dem Autounfall war nach Aussage von Zeugen der Verstorbene selbst schuld. Die Beschreibung des Ladenräubers, der den Zweiten erschossen hatte, stimmten mit denen eines Wahnsinnigen überein, dessen Leiche einige Zeit später aus einem Fluss gefischt wurde. Über die Übrigen kann ich nichts sagen. Wahrscheinlich waren sie überarbeitet." Panin wirkte resigniert und sachlich.

„Und wieso machen Sie sich jetzt Sorgen? Mit Ihnen ist doch nichts passiert." Ich wollte den Mann weitererzählen lassen. Im Dämmerlicht der Stehlampe sah ich auf seiner Stirn Schweißtropfen glänzen, und die jüngst aufgekommene Sachlichkeit begann sich zu verflüchtigen.

„Ich weiß es selbst nicht", fing Panin an, und es schien, als würde er gleich aufstehen, sich fürs Zuhören bedanken und gehen. Aber das war nicht der Fall. „Mich hat man zweimal überfallen. Einmal wollte man mich mit einem Auto überfahren, das zweite Mal entkam ich mit Müh und Not zwei kräftigen Männern, die reinsten Quadratschädel waren das. Ich wurde am helllichten Tag in einen Innenhof gezerrt, gegen einen Holzzaun gepresst und bedrängt. Aber eine Holzplanke gab nach, ich fiel nach hinten auf die Straße und entwischte."

„Na und?" Ich geriet in Erregung, denn wie von ferne stiegen in mir meine eigenen Erlebnisse mit jenen zwei Quadratschädeln wieder hoch. „Jeden Tag wird jemand ausgeraubt und kommt jemand unter ein Auto. Erst gestern bin ich selbst überfallen worden. So ist das heute nun einmal in dieser emporstrebenden Stadt. Wenn Sie die Verbrechensstatistik interessiert, dann wenden Sie sich an die Polizei. Sie kommen mitten in der Nacht zu einem wildfremden Menschen und erzählen von Ihrem traurigen Schicksal. Was geht mich das an? Was sollte ich denn Ihrer Meinung nach schreiben? Dass man den Buchhalter einer ehrenwerten Firma überfallen hat? Was wird hier gespielt? Was wollen Sie eigentlich?"

Ich war wirklich gereizt, aber meine Worte kamen schnell und scharf. Ich stand auf und gab zu verstehen, dass die Audienz beendet sei. Ich versuchte, mich zu beruhigen, aber die Erregung wollte nicht weichen.

„Wenn Sie vor etwas Angst haben, wenden Sie sich an die Polizei! Ich bin Journalistin, und ich habe bis jetzt nichts gehört, was für mich von Interesse wäre. Natürlich kann ich über einen Buchhalter schreiben, der nachts Journalistinnen belästigt."

Der Mann war zu Beginn meines Redeschwalls in sich zusammengesunken, aber je mehr ich mich aufregte, desto ruhiger wurde er, und als ich Luft holte, um den Mann endgültig vor die Tür zu weisen, sagte er ruhig: „Setzen Sie sich bitte, regen Sie sich nicht auf. Entschuldigen Sie, dass meine Einführung zu lang geworden ist, aber es ging nicht anders." Die Ruhe des Mannes zwang mich zurück in den Sessel.

„Auch ich hielt all das für eine Kette von Zufällen. Wie viel geschieht nicht in diesen unruhigen Zeiten! Aber diese Dinge sind nicht zufällig." Panin machte eine Pause und sah mich lange an.

„Warum glauben Sie das?", fragte ich.

„Dieselben Männer, die mich überfallen haben, haben vor unserem Bürogebäude gewartet, als Sie die Interviews gemacht haben. Als Sie ins *Palace* gegangen sind, ist auch ihr Mercedes verschwunden. Ich habe sie vor und nach dem Überfall gesehen. Natürlich könnte ich die Polizei benachrichtigen, aber was sollte ich dort sagen? Die Polizei würde anrücken, meine Papiere kontrollieren und wieder ihrer Wege gehen. Ich kann nichts beweisen. Aber diese Männer sitzen auf ihrem Beobachterposten, und sie beschatten jemanden – vielleicht Sie, vielleicht mich …"

Jetzt trat auch auf meine Stirn kalter Schweiß. „Haben Sie darüber mit Saul gesprochen?", fragte ich ein bisschen nervös.

„Das habe ich. Aber er hat nur gelacht und gesagt, dass ich wohl zu viele Krimis gesehen hätte. Er hat gemeint, dass meine Sicherheit gewährleistet sei. Wir hätten unseren eigenen Sicherheitsdienst, und der beschütze uns. Ich machte mir umsonst Sorgen, und ich solle nicht grundlos so ein Tamtam veranstalten."

Vor Verbitterung presste Panin seine Lippen fest zusammen. Ich verstand noch nicht alles richtig, aber ich spürte doch, dass in der Luft irgendeine Gefahr lag – eine von der Art, der man besser aus dem Weg ging. Der Mann fuhr fort: „Sie sind auch nie da, wenn Saul anwesend ist. Sobald Saul geht, sind die Männer zur Stelle. Ich sage nicht, dass sie sich demonstrativ zur Schau stellen, das nicht. Aber wenn ich sie zehnmal gesehen habe, dann liegt für mich der Schluss nahe, dass sie mindestens zwanzigmal da gewesen sind."

Wir erkannten beide den Wahrheitsgehalt seiner Aussage, und ich wusste nicht, ob ich ihm von meinen Erlebnissen erzählen sollte oder nicht.

Das Schweigen wurde allmählich peinlich. Schließlich unterbrach mein Gesprächspartner die Stille. „Saul will, dass ich Urlaub nehme. Ich sei überarbeitet und bildete mir wer weiß was ein."

Dann fiel mir ein zu fragen, wie er zu mir gelangt sei. Seine Geschichte wurde mir allmählich zu realistisch, und das erschreckte mich. Ich wollte überhaupt nicht, dass man mich und Panin zusammen sah, und noch weniger, dass man von unserem Gespräch erfuhr.

„Keine Angst, es war kein Mensch da", beruhigte mich der Mann. „Ich bin zu Hause durch die Hintertür hinausgegangen und habe alle möglichen Haken geschlagen und Umwege gemacht, um mir sicher zu sein, dass mir niemand folgt. Jetzt sind sie nicht da." Der Mann sprach jetzt selbstbewusst und flüssig. Merkwürdig, dass Männer die Unsicherheit von Frauen benötigen, um sich selbst sicher zu fühlen. Schwache Frauen erzeugen starke Männer, formte ich in Gedanken meine Entdeckung zu einem Aphorismus. Aber dieser Gedanke war natürlich nicht neu. Ich müsste ihn in mein Tagebuch schreiben, dachte ich, was in Anbetracht der Situation ein wenig fehl am Platze gewesen wäre.

Ich ordnete meine Gedanken, und um nicht aus der Rolle zu fallen, fragte ich plötzlich: „Haben Sie Zweifel an Saul?"

Diese so überaus direkte Frage brachte die Sicherheit des Mannes ins Wanken, und er begann wieder zu stottern.

„Na ja … nicht direkt. Aber ich möchte … das heißt … Sie könnten darüber schreiben … über all das. Das würde vielleicht für einen kleinen Aufruhr sorgen, und man würde anfangen, auf die Sache aufmerksam zu werden. Ich weiß nicht, was hinter alledem steckt und ob dort überhaupt etwas ist, aber … die Presse ist eine Macht, die man in unserer Firma immer berücksichtigt hat. Letztes Jahr schrieb irgendein Kunstkritiker, dass irgend so ein komischer Mülleimer nicht in das Foyer unserer Firma passe – und schon am nächsten Tag hatte man einen neuen besorgt. So in etwa."

„Hören Sie", versuchte ich meiner Stimme einen freundlicheren Ton zu verleihen, denn ich war gerade auf einen genialen Gedanken gekommen, „haben Sie schon mit Sauls Frau gesprochen?"

„Warum?", fragte der Mann überrascht.

„Ehefrauen können ihren Mann oft besser beeinflussen als zehn Kollegen. Vielleicht lohnt sich ein Gespräch?"

„Das mag schon sein, aber …", der Mann suchte nach Worten, „… hätten Sie nicht Lust, mit ihr ein Gespräch von Frau zu Frau zu führen? Sie kämen als Journalistin, und es wäre für Sie einfacher, Eva zu treffen, ohne unnötiges Aufsehen zu erregen." Der Mann errötete.

Sicher würde der alte Junggeselle einer Frau wie Eva Simon gegenüber nicht völlig gleichgültig bleiben …

Genau das hatte ich mit meinem Vorschlag bezweckt. Selbst mit Eva zu sprechen, Zweifel und Ängste außen vor zu lassen und die eigene Arbeit voranzutreiben. Ich versprach dem Buchhalter, diese Visite selbst vorzunehmen. Schließlich hatte ich nichts zu befürchten. Am allerwenigsten Panin.

Den Artikel würde ich natürlich nie schreiben, aber das Material wollte ich gern irgendeinem meiner ehemaligen Hochschulkollegen überreichen.

Es ärgerte mich, dass ich Zeit für Dinge vergeuden musste, die mich nichts angingen und die meine Aufgabe überhaupt nicht weiterbrachten. Aber was wollte ich überhaupt erreichen? Ich hatte eine ausreichende Portion Nervenkitzel erhalten, war auf einen unglücklichen alten Junggesellen gestoßen und sollte mich jetzt am besten auf elegante Weise seiner entledigen. Ich stand auf und sagte: „Es bleibt also dabei." Ich streckte ihm die Hand entgegen. Auch der Mann war aufgestanden und verpasste mir einen feuchten Händedruck.

„Vielen Dank … ja … Ich lasse Ihnen noch Material zukommen und … Es wird Ihnen helfen, diese Sache zu erledigen, um … danke, und … guten Tag noch." Er suchte nach Worten, während er zur Tür zurückwich.

Die Tür fiel hinter Panin ins Schloss, und ich ging zurück ins Zimmer. Ich musste mich jetzt erst einmal konzentrieren.

14

Der Zusammenstoß mit den gewalttätigen Typen war also kein Zufall gewesen, das war nun klar. Aber warum? Diese Frage trieb mich um. Die Antwort lag irgendwo in der Luft, aber leider nicht im Bereich der Wahrnehmung meines Gehirns.

Ob ich Saul informieren sollte? Wohl kaum, damit er etwas unternahm. Ein Gespräch mit Eva Simon erschien mir wirklich immer vernünftiger, so dass ich beschloss, sie schon morgen früh anzurufen und um ein Treffen zu bitten.

Als ich mir mein Tagebuch vornahm, zeigte die Uhr schon Mitternacht. Ich wusste, dass ich morgen nicht ohne Aufzeichnungen erscheinen durfte. Die Notizen des Tages immer am selben Abend niederschreiben: Die Wichtigkeit dieses Grundsatzes hatte ich bereits am eigenen Leib zu spüren bekommen. Ein paar Mal hatte ich es nicht gemacht, und am Morgen hatte ich alles gründlich durcheinander gebracht. Die Niederschrift der Dinge half immer, in Gedanken Ordnung zu schaffen.

Ich hörte mir noch einmal das Band mit dem Gespräch mit Saul an, machte ein paar Anmerkungen über das, was ich in der Firma gehört hatte, und dachte angestrengt über das Gespräch nach, das ich mit Panin geführt hatte.

Was wollte der Mann wirklich? Glaubte er tatsächlich, dass ein Artikel in einer Zeitschrift etwas bewirken konnte? Die Firma lief wie am Schnürchen, und abgesehen davon, dass irgendwelche Quadratschädel im Hintergrund herumspukten, trieben Saul Simon keine Sorgen vor vermeintlichen Gefahren um. Ein Ehebrecher war er bestimmt auch nicht, dafür hatte er schlicht und ergreifend zu wenig Zeit. Warum, verdammt, hatte der Buchhalter ausgerechnet mich aufgesucht? Ich hätte meine Arbeit mit mehr Zufriedenheit erledigt, aber jetzt raunte mir leise irgendwo im innersten Inneren eine Stimme zu, ich solle Panin helfen. Aber wie konnte ich ihm helfen?

Mein besseres Ich gab nicht auf, und so gelobte ich mir, nach einer Woche das von Panin erhaltene Material einem meiner ehemaligen Studienkollegen zu übergeben, der heute als Journalist tätig war. Sollte der damit anstellen, was er wollte.

Ich unterdrückte die Stimme meines Gewissens und schrieb in einem Rutsch ein paar Seiten über Sauls Aktivitäten und das Gespräch mit Panin herunter. Das war wohl eher, um mich selbst zu beruhigen, denn vom Standpunkt der Arbeit aus hatten diese Notizen keine sonderliche Bedeutung. Natürlich konnte man Eva Simon damit auch die in der Firma herrschende Stimmung vermitteln. Ich legte die Notizen beiseite und ging ins Bett.

15 Der nächste Tag brachte nichts Neues. Herr Simon fuhr am Morgen zur Arbeit, verbrachte dort einige Stunden, ging zur Industrie- und Handelskammer, aß im *Palace* zu Mittag und war wieder bis sieben Uhr in seinem Büro in der Liivalaia tänav. Einen Mercedes oder auch irgendwelche Quadratschädel bemerkte ich nirgends. Das gegenüberliegende Hotel diente mir lediglich als Unterschlupf, und ich flitzte dort ein paar Mal am Tag die Treppe rauf und runter, so dass mich das Hotelpersonal wahrscheinlich für vollkommen übergeschnappt hielt.

Ich rief auch Eva Simon an, aber sie wollte alles gleich am Telefon besprechen.

„Und was soll ich jetzt damit anfangen?", erwiderte Eva mit kühler Stimme auf meinen Bericht. „Ich kann nichts dafür, dass andere Leute Probleme haben. Was hat das mit Ihrem Auftrag zu tun?"

„Ich nahm an, dass es gut für Sie wäre, dies zu wissen", murmelte ich in meiner Verwirrung ins Telefon. Ich hatte nicht mit einer derart abweisenden Antwort gerechnet. „Wenn jemand Ihren Mann belästigt und er dadurch viel Zeit verliert, dann würde dies auch seine längeren Abwesenheiten erklären." Das hatte ich mir erst während dieses Gesprächs ausgedacht, aber jetzt schien es ganz logisch. Warum hatte ich nicht schon vorher zwei so einfache Dinge zusammenbringen können?

Aber Eva Simon überraschte mich aufs Neue. Nach einer zögerlichen Pause antwortete mir vom anderen Ende der Leitung ihre keineswegs kühle, sondern vielmehr traurige und müde Stimme: „Ich hätte sicher sofort darüber sprechen sollen, also sei's drum. Sind Sie allein?" Ich bejahte, denn in dem Hotelzimmer, von dem aus ich anrief, war tatsächlich niemand.

„Es ist natürlich reichlich unangenehm, darüber am Telefon zu reden, aber diesen Punkt von Angesicht zu Angesicht zu besprechen wäre wohl noch verrückter", sagte Eva Simon beherrscht, und ich rief mir wieder das aristokratische Auftreten der Frau vor Augen. So – ruhig und stolz – erkannte ich Frau Simon wieder, die zartere Hälfte des Superpaars. Ich fügte noch für alle Fälle hinzu, dass sie sich voll und ganz auf meine Diskretion verlassen könne, und je mehr ich wüsste, desto mehr würde es für die Aufgabe von Nutzen sein.

„Sehen Sie, ich mache mir keine Sorgen wegen Sauls langer Arbeitstage. Ich weiß, was in der Firma los ist, und ich weiß, wie eilig er es hat, und grundsätzlich erwarte ich nichts anderes als ein bisschen Aufmerksamkeit."

Die klare, ruhige Stimme erklärte mir im Bruchteil einer Minute die Arbeitsregelung der Firma und Saul Simons Arbeitsbelastung. Dann aber näherten wir uns endlich dem Hauptproblem: „Ich erwarte von Saul doch nur ein bisschen Aufmerksamkeit", wiederholte sie. „Aber schon seit über einem Monat hat er mich überhaupt nicht beachtet … Sie sind eine Frau – ich glaube, Sie verstehen mich?" In den Worten schwang die Bitte mit, so eine peinliche Angelegenheit nicht auch noch genauer erklären zu müssen.

Ich sagte, dass ich sie voll und ganz verstünde.

„Das heißt, er kümmert sich um mich und um unsere Tochter, und zwar sehr. Er sorgt sich um unser Wohlergehen: So hat er uns vor ein paar Wochen ganz überraschend zur besten Arbeitszeit zum Arzt gebracht, wo wir irgendwelche Proben abgeben mussten … Er kümmert sich um die äußeren Umstände unseres Lebens, aber die … die intime Seite unseres Zusammenlebens ist unbefriedigend", brachte Frau Simon ihren Gedanken in eine unverfängliche Form, und ich spürte beinahe physisch, wie sie am anderen Ende der Leitung errötete.

Dann, wie bei unserer ersten Begegnung, fuhr sie im selben Atemzug fort: „Ich hoffe also, dass Sie den Inhalt Ihrer Aufgabe begriffen haben und sich nicht in Nebensächlichkeiten verlieren. Möchten Sie noch etwas sagen?"

Ich verneinte, bedankte mich, entschuldigte mich für die Störung und legte den Hörer auf.

Die intime Seite ihres Zusammenlebens war also unbefriedigend – ich begriff nur nicht, warum. Ich verstand wieder einmal nicht, was Männer von ihren Frauen erwarteten. Eva Simon war meiner Meinung nach durch und durch weiblich, anziehend, sexy – was hätte man von seiner Frau sonst noch verlangen können? Offensichtlich war sie auch hinreichend intelligent, wenngleich Saul das nicht unbedingt lobend hervorgehoben hatte. Aber wie dem auch sei – warum heirateten Männer eigentlich, wenn sie gleichzeitig bereit waren, ihre Frauen derart zu vernachlässigen?

Meine Ehe hatte leidenschaftlich begonnen, wir hatten Tag und Nacht zusammen verbringen und einander betrachten können. Später kühlte unser Verhältnis sicherlich ab, aber sogar bei der Scheidung war die Leidenschaft noch nicht völlig abgeklungen. Vielleicht musste man sich trennen, bevor die Gefühle erkalteten? Aber wen interessierte meine Vergangenheit! Ab und zu schien es sogar, als ginge sie nicht einmal mehr mich selbst etwas an. Dennoch war es eine so reizende Tätigkeit, in Winkeln des Gedächtnisses zu kramen – vielleicht las man deshalb so viele Zeitschriften und Bücher?

Später, als Saul nach Hause zurückgekehrt war, steuerte ich mein Auto zurück in die Stadt und parkte es auf dem Hof hinter meinem Haus. Der Hausmeister würde ein wenig mit seinem Besen darauf herumhämmern, wie er auf alle Autos zu klopfen pflegte, aber egal, das machte nichts. Die Komplexe und Neidgefühle des Hausmeisters äußerten sich darin, dass er auf den Autos reicher Leute herumtrommelte. Sonst war der Mann in jeder Hinsicht sympathisch, und die Straße war sauber, bei jedem Wind und Wetter und zu jeder Jahreszeit.

Während ich diesen Gedanken nachhing, richtete ich meine Schritte auf meine kleine Wohnung. Es war noch nicht einmal acht Uhr. Der ganze Abend gehörte mir.

Ich schloss hinter mir die Tür ab, warf einen Blick auf den Anrufbeantworter und hängte meine Jacke auf. Das grüne Licht blinkte wieder. Ich ahnte, dass der Abend doch nicht mehr ganz für mich allein bestimmt war.

„Hallo Schwesterherz, wie geht's bei Tag, wie steht's bei Nacht?“, brummte die Stimme meines Bruders Alex auf dem

Band. „Ich komme heute Abend mal vorbei. Wenn du die Nachricht nicht kriegst, ruf an, dann komme ich nicht."

Klick – und das Band spulte zum Anfang zurück. Alex hatte einen seltsamen Humor, aber in Wirklichkeit störte er mich überhaupt nicht. Ich mochte meinen Bruder wirklich gerne. Er war zwar ein Jahr jünger als ich, legte aber eine überraschend scharfe Auffassungsgabe für die Dinge der Welt an den Tag. Ein paar Mal im Monat kam er zu Besuch: in der einen Hälfte der Fälle, um Geld zu borgen, in der anderen Hälfte der Fälle, um zu zeigen, dass er nicht nur vorbeikam, um mich anzupumpen. Auch er hatte seine Ausbildung unter den wachsamen Augen von Literaturprofessoren erhalten, und unsere gemeinsamen Gespräche arteten oft in verletzende Streitigkeiten aus, bei denen wir beide unsere jeweiligen Favoriten verteidigten und die Günstlinge des anderen in der Welt der Literatur in den Schmutz zogen. Da wir einander nicht überzeugen konnten, pflegten wir unseren Disput freundschaftlich zu beenden, indem wir über die Politik und die Weltordnung herzogen.

Ich zog meine Freizeitkleidung an und setzte Kaffee auf. Mein Bruderherz war geradezu süchtig nach Kaffee, vor allem seit es in Estland Kaffee zu kaufen gab, der diesen Namen auch tatsächlich verdiente. Mit Schaudern dachte ich an den scheußlichen Muckefuck zurück, den man uns zu Sowjetzeiten unter dem Namen „Kaffee" verkauft hatte, und machte die Kanne ganz voll. Es würde interessant sein zu hören, wie es Alex in letzter Zeit ergangen war, dachte ich – ganz die große Schwester. Der Knabe war Estnischlehrer an einem Gymnasium, und sein lächerliches estnisches Lehrergehalt ging hauptsächlich für Abenteuer mit Frauen drauf. An seinem Aussehen war gewiss nichts auszusetzen, und auf den Mund war er auch nicht gefallen. Frauen gingen ihm reihenweise auf den Leim, und das hatte Alex regelrecht verdorben. Und was das Verrückteste war: Ich musste zugeben, dass selbst ich nicht unbedingt gegen seinen Charme gefeit war.

Seinen Körper hielt Alex auf die gleiche Art fit wie ich: Unter der Woche trainierte er ein paar Mal bei Georg, und an den

Wochenenden ging er schwimmen. Ich hatte ihm mehrmals nahegelegt, doch als Model Geld zu verdienen, dann müsste er nicht ständig kommen und mich anpumpen. Umso mehr, da ich selbst nicht allzu üppig mit finanziellen Mitteln gesegnet war. Auf jeden Fall war es trotzdem sehr nett, einen solchen Bruder zu haben, besser als irgendeinen Waschlappen, der den Mund nicht aufbekam.

16 Die Türglocke riss mich aus meinen Gedanken. Ich öffnete die Tür, und schon strahlte mich ein blendend aussehender Alex in bester Verfassung an. Ich versuchte zwar, eine strenge Miene aufzusetzen, aber offenbar war mir die Freude über unser Treffen allzu deutlich anzumerken, denn noch auf der Türschwelle verkündete mein Brüderchen fröhlich: „Da bist du ja, altes Haus. Und hier bin ich, dein lang ersehnter Gast!"

Ich trat einen Schritt zurück und ließ ihn herein. Dann bückte ich mich und stellte die Schuhe in einer Reihe auf. Mein Bruder brachte immer in kürzester Zeit alles in Unordnung. Alex ließ sich von meiner vorwurfsvoll gerunzelten Stirn nicht irritieren und mogelte sich direkt in das Zimmer. „Hier riecht es nach Kaffee. Ich könnte auch ein winziges Schlückchen vertragen." Er schnupperte gierig und sank in einen Sessel. Anders als bei meinem gestrigen Besucher bereitete mir dieser Auftritt meines Bruders insgeheim Freude.

„Na, haben dich deine Frauen verlassen, oder was ist los?", unterbrach ich schließlich Alex' Redeschwall.

„Was soll schon sein? Ich habe sie um einen freien Abend gebeten, um meine Schwester sehen zu können", flachste er zurück und schaltete den Fernseher ein. Das war seine einzige schlechte Angewohnheit: Er konnte sich nicht einfach so unterhalten, immer musste etwas im Hintergrund dröhnen.

„Welche Launen haben dich nun dazu gebracht, dich mir zuzuwenden?" Ich setzte mich ebenfalls hin und schenkte Kaffee in die Tassen ein.

„Hör mal, es sind immer die gleichen Launen." Der Mann,

oder vielmehr der Junge, oder wie man ihn auch immer nennen sollte, wurde ernst. Der eigene Bruder blieb stets ein wenig der Junge, besonders wenn er zufällig noch jünger war. „Pump mir was, ich bezahle es bestimmt in ein paar Tagen zurück."

Stolz entnahm ich meinem Geldbeutel einen Hunderter. „Reicht das?"

„Donnerwetter, bist du unter die Bankräuber gegangen?" Mein Bruder machte große Augen und steckte das Geld mit offensichtlicher Erleichterung in die Tasche. Es war ja schon vorgekommen, dass ich nichts zu verleihen hatte. „Hast du Arbeit bekommen?"

„Ich habe einen kleinen Auftrag erhalten." Ich ließ diese Bemerkung scheinbar achtlos, in Wirklichkeit aber durchaus mit Bedacht fallen – mein Brüderchen hackte sonst nämlich immer endlos auf meinem Detektivberuf herum und reizte mich damit bis aufs Blut.

Alex griff nach den Notizen, die auf dem Tisch liegen geblieben waren, und hätte ich mich nicht beeilt, hätte er sich mit dem Feuereifer eines Literaturwissenschaftlers in den Text vertieft.

„Das ist vertrauliches Material, weißt du." Ich klopfte ihm auf die Finger und steckte den Ordner in das Regal zwischen andere Materialien derselben Sorte.

„Na, sieh mal einer an!", schmunzelte mein Bruder, aber die Neugierde hatte ihn gepackt. „Ganz gut bezahlt, ja? Schnüffelst du wieder mit deinem Fernglas ein paar Perversen hinterher? Schande über den, der so etwas tut!" Er wusste sehr gut, dass eine solche Äußerung mir die Zornesröte in die Wangen trieb.

„Ja, man bezahlt dafür, und die Leute sind manchmal einfach unsicher. Sie alle haben Probleme: mit der Ehe, mit der Arbeit, egal wo. Ich helfe ihnen, diese Probleme zu lösen oder Klarheit zu schaffen …"

„Ist ja schon gut", unterbrach mich Alex versöhnlich. „Ich freue mich ja nur, dass es dir so gut geht. Wenn du mal zwischendurch Hilfe brauchst, dann frag jederzeit! Das habe ich dir ja schon früher gesagt."

Natürlich war es dumm, sich über Alex' Sprüche aufzuregen, aber er wusste immer sofort, auf welchen Knopf er drücken musste, und regelmäßig ging er mir damit auf die Nerven. Es war natürlich schon deshalb dumm, weil mir Alex' spöttischer Tonfall schon von Klein auf bekannt war.

„Neckst du deine Mädels auch auf diese Art?", fragte ich, um etwas Bissiges zu sagen. Mein Bruder lachte nur und sagte, dass ihm deswegen die Frauen auch immer nach ein paar Wochen wieder davonliefen.

„Nur nachts gibt es keinen Zufluchtsort, und das liebe Brüderchen steht allzeit Gewehr bei Fuß, um das liebe Schwesterchen zu ärgern", fügte er vergnügt hinzu und starrte dann auf den Bildschirm des Fernsehers. Dort kam auf MTV der übliche Videoclip, und mein Bruder fauchte unzufrieden: „Ich begreife nicht, wer sich diesen Mist anschaut. Ein Bild jagt das nächste, und jedes ist voll mit herumwirbelnden Fratzen. Und dann diese zwei idiotischen Typen, Beavis und dieser Wie-heißt-er-doch-gleich."

„Bist du schon so alt, dass du die Technogeneration nicht mehr verstehst?", fragte ich spöttisch. Mir gefiel MTV, das war eine Kunst für sich. Gegenwartskunst, ein bisschen wie Gegenwartsliteratur. Wenn das Ergebnis einer Bewusstseinsströmung und eines fragmentarischen Philosophierens eine oft langweilige Literatur war, dann war MTV mit seiner eigenen absurden Logik quasi das Spiegelbild einer verrückten Welt, die bis an die letzte Grenze der Gegenwart gestoßen war.

„Hör mal, ich kann jeder Sache irgendeinen hauchzarten Inhalt abgewinnen, aber das ist doch Quatsch. Hirnloser Zeitvertreib, hergestellt für hirnlose Pubertierende", verkündete Alex resolut, und bestimmt wollte er das Thema damit abhaken, aber ich hatte nicht vor, so schnell klein beizugeben.

„Warum redest du nicht so über Literatur?", fragte ich provozierend. „Was ist daran besser?"

„Ist ja auch nichts", antwortete er.

„Schau mal, Techno ist nicht nur Musik, um dich ein wenig zu bilden. Und wie willst du in der Schule zurechtkommen –

deine Schüler glotzen so was doch jeden Tag?", bemerkte ich. „Techno ist eine Philosophie für sich, der Rhythmus bildet den Hintergrund, vor dem du dir jede andere Musik denken kannst. Beweg dich weiter, halt jeden Tag fest und leb so, dass der Rhythmus dich weiterträgt."

Eigentlich konnte ich diesem Techno selbst auch nichts Besonderes abgewinnen, aber die Versuchung, meinen Bruder zu foppen, war zu groß, um die Gelegenheit ungenutzt verstreichen zu lassen.

Alex fiel mir jedoch ungehalten ins Wort: „Was für eine Kunst steckt denn in dieser Gegenwart? Großes Geld, das auch die Größten wieder einfahren müssen. Alles ist bis ins Absurde gesteigert, da ist es doch leicht, alle möglichen Philosophien hineinzuinterpretieren. Man legt alle Köpfe zusammen, denkt sich eine Mode aus, dann gibt man den Dingen neue Namen und kaut sie den Leuten vor. Wem das nicht gefällt, der ist ein Idiot, der nichts kapiert. Das ist eine Ware wie Zahnpasta oder eine Kaffeemaschine. Nur dass es Quatsch ist, sie als Kunst zu bezeichnen, und niemand würde darüber philosophieren, ob man sich einer Kaffeemaschine postmodernistisch annähern muss oder ob sie schon eine neue Epoche ankündigt. Es ist falsch zu behaupten, dass Philosophie nichts bringt und nutzlos ist. Nur haben die Kapitalisten auch sie zu einer Ware gemacht und produzieren ständig mehr davon, so dass Menschen sowohl mit als auch ohne Hirn an etwas herumbasteln können und den zusammengeschriebenen und -gefilmten Schund kaufen. Sieh es doch ein, Schätzchen: Auch Philosophie ist eine Ware, die dir jetzt mit Hilfe des Bildschirms verabreicht wird wie in einem Fernseh-Shop."

Endlich hielt Alex inne und warf mir einen finsteren Blick zu. Ich sah ihn fröhlich an.

Nach einem Augenblick ließ er sich erweichen und sagte friedlich: „Sind wir jetzt quitt? Du hast mich ein wenig irritiert!"

„Nun schau dir diesen Typen dort an." Er wandte seinen Blick wieder dem Bildschirm zu. „Der rennt mit einem Messer im Rücken herum, und das ist dann deine Philosophie. Heute wurde jemandem ganz hier in der Nähe ein Messer in den Rücken gerammt", fuhr Alex fort. „Irgend so ein Ölmensch, ich habe im Bus davon gehört. Gestern wiederum hat Anders Kirsipuu ein Messer abbekommen. Der reinste Western!"

Kirsipuu war einer von den großen Geschäftsmännern der Stadt, deren Bilder regelmäßig durch die Zeitungsspalten wanderten. Ich erzählte auch von meiner Prügelei, woraufhin mein Bruder wohlwollend nickte: „Sehr gut, denen muss man es gleich ordentlich auf die Mütze geben. Ich hatte selbst vor einer Woche einen Zusammenstoß mit ein paar Typen. Stadt bleibt Stadt, und die ‚Körperkultur' nimmt immer mehr zu. Hör mal, ich muss jetzt gehen, ich werde schon erwartet."

Vermutlich wartete irgendein armes Fräulein im kalten Treppenhaus auf die Rückkehr ihres Helden, der stattdessen hier herumschwafelte und es nicht schaffte, auf die Uhr zu sehen.

Verspätungen konnte ich nicht ertragen. „Mach, dass du wegkommst!"

Und schon war er verschwunden.

Der weitere Abend gehörte mir: Ich konnte in Ruhe noch ein paar Stunden lesen und das Leben genießen.

17

Ich erwachte vom Klappern des Briefkastenschlitzes. Das darauf folgende leichte Plumpsgeräusch verkündete, dass die morgendliche Post gekommen war. Es war halb sieben, und meine Augen drängten mit Macht danach, wieder zuzufallen. Ich nahm all meine Willenskraft zusammen, setzte mich im Bett auf und starrte eine Weile auf meine nackten Zehen. Dann aber sprang ich entschlossen auf.

Ich schaltete die Kaffeemaschine ein und sammelte vom Boden vor der Tür eine frische Zeitung und einen großen Umschlag auf. Auf letzterem befand sich ein Eilbriefaufkleber, aber es stand kein Absender drauf.

Ich steckte ein Messer in den Umschlag und schnitt ihn vorsichtig auf. Ich hatte noch nie die Leute verstehen können, die einen Umschlag barbarisch aufrissen oder Papier einfach so zusammenfalteten, wie es sich gerade ergab. Eigenartig, aber bei solchen Dingen duldete ich wirklich keinerlei Unordnung. Ich konnte in einem Zimmer leben, in dem die Kleider kreuz und quer herumflogen, aber jedes Papierstück musste ordentlich in seiner Mappe und auf Linie gefaltet sein. Das war eine Eigenheit von mir, mit der ich auch meinem Ex-Mann auf die Nerven gegangen war. „Heb lieber deine Fetzen auf, und lass stattdessen das blöde Papierzusammengefalte“, hatte er öfter verärgert gesagt.

Zu meiner angenehmen Überraschung fand ich in dem Umschlag einen sorgfältig geordneten Papierstapel vor. Ich besah ihn aus der Nähe, und die Überraschung wuchs weiter.

Die Papiere, die in einer ordentlichen und etwas kindlichen Handschrift verfasst waren, verkündeten als Erstes: „Hier ist das versprochene Ergänzungsmaterial, so viel, wie ich herauszugeben wage.“ Außerdem natürlich viele Grüße, ein großes Dankeschön und andere Höflichkeitsfloskeln.

Ich machte mir ein Butterbrot und setzte mich kauend an den Tisch, um in den Papieren herumzublättern.

Als Erstes kam eine Firmenliste von der Industrie- und Handelskammer, dann folgte eine Liste von Mitarbeitern, auf der auch die einzelnen Gehälter hätten aufgeführt werden müssen, aber diese Angaben waren beim Kopieren sorgfältig abgedeckt worden. Während ich mich zerstreut weiter durch die Sendung arbeitete, gelangte ich zu den Kooperationspartnern der Firma. Es handelte sich um eine Ehrfurcht gebietende Menge von Menschen aus allen unterschiedlichen Lebensbereichen. Auf einigen Seiten konnte man wieder abgedeckte Stellen ausmachen.

Weinverkäufer, Süßigkeitenhersteller. Mir begann das Wasser im Munde zusammenzulaufen, und das Butterbrot verlor an Reiz. Jetzt hätte ich Lust auf etwas Gutes gehabt … etwas richtig Gutes … In meinem Kopf liefen merkwürdige Gedanken ab. Das Gehirn ordnete die Namen, suchte nach Zusammenhängen. Kirsipuu, Kozlovski und noch ein paar Namen, die ich kürzlich erst irgendwo gehört hatte. In welchem Zusammenhang? Mein Gehirn arbeitete fieberhaft.

Als ich das richtige Register gefunden hatte, hörte das Gehirn auf zu arbeiten, und ich bekam Angst. Die Todesfälle der letzten Wochen! Ich begann wieder von vorne und las die Listen schnell noch einmal durch. Jede vierte oder fünfte Firma war jetzt im Augenblick ihres Besitzers, Direktors oder Geschäftsführers beraubt. Davon zeugte die Erwähnung der Todesfälle in den Zeitungen mit großen und fetten Überschriften. Manche von ihnen waren vor einem Monat oder vor noch längerer Zeit eingetreten, manche hingegen waren noch ganz frisch. Kozlovski, Kirsipuu … Erst gestern war von ihnen die Rede gewesen.

Ich legte die Listen auf die Ecke des Tisches und zog sie wieder heran. Sie schienen mir gefährlich. Schließlich war ich eine Privatdetektivin, die sich mit Ehebruchsangelegenheiten befasste! Sie sollten mich aus dem Spiel lassen, ich wollte nicht mehr die Journalistin spielen! Was ging mich die ganze Angelegenheit an?

Ich stand auf und streckte mich nervös. Und ich fasste den Entschluss, ausschließlich mit der eigenen Routinearbeit weiterzumachen und jegliche anderweitige Fakten aus dem Kopf zu verbannen, vorhandene und zweifelhafte. Mit anderen Worten: alles, was nicht die Arbeit betraf, für die ich bezahlt wurde. Ich redete mir ein, dass mich das alles nicht interessierte. Es wäre besser gewesen, wenn Panin seinen Krempel selbst auf die Reihe brächte.

Ich unterdrückte die Stimme meines Gewissens, die irgendwo im Unterbewusstsein herumspukte, griff nach der Morgenzeitung und schlug die Kulturseite auf. Ich vertiefte mich in die Rezension eines kürzlich erschienenen Romans eines estnischen Autors. Jemand liebte heimlich jemanden, dann kamen ein bisschen Philosophie und ein bisschen Spannung vor, und schließlich floss alles auseinander, und das Ende war natürlich tragisch.

Ich konnte mich immer noch nicht konzentrieren und blätterte die Zeitung von hinten nach vorne durch, bis ich zu den Kurznachrichten vorstieß.

Der Irak verärgerte die UNO. Die Polizei hatte Probleme mit der Korruption. Dieselben Probleme beim Zoll.

Und dann …

Panin hatte seinen Krempel nicht mehr auf die Reihe bringen können, weil seine Nerven es nicht ausgehalten hatten. Ein trockener kurzer Textabschnitt teilte Alexander Panins Selbstmord mit. Der Mann sei gestern gegen Abend erhängt in seiner eigenen Wohnung aufgefunden worden, und zwar von der Haushaltshilfe. Panin habe in der Firma *Simon GmbH* gearbeitet. Das war alles.

Ich nahm einen ordentlichen Schluck Kaffee. In meiner Hand befanden sich Informationen, die sich auf die Gesundheit offensichtlich nicht besonders vorteilhaft auswirkten.

Ich holte tief Luft, wie man mir beim Training beigebracht hatte, und konzentrierte mich. Es wusste schließlich niemand, dass die Listen bei mir waren. Und wenn er es jemandem mitgeteilt hätte, so wüsste doch niemand, was ich aus ihnen erfahren hatte …

Die Quadratschädel dienten offenbar zur Abschreckung allzu eifriger Spitzel. Ansonsten war ich außer Gefahr. Während ich Simon auf den Fersen war, musste ich also lediglich die Augen offen halten, dass mich dabei niemand verfolgte.

Trotzdem fühlte ich mich schlecht. Meine Feigheit störte mich. Geschäftsmänner wurden einer nach dem anderen ins Jenseits befördert, und ich passte nur auf, dass sich niemand ungebührlich aufführte! Etwas musste getan werden. *We have only 24 hours to save the Earth*, erklangen in mir die Fetzen aus irgendeiner Schnulze, und ich stellte mir vor, wie Batman über die Stadt flog. Der Kommerz machte sich in meinem mit Klassik ausgepolsterten Hirn in den eigenartigsten Augenblicken bemerkbar.

Ich sah auf die Uhr und wählte die Nummer eines ehemaligen Studienkollegen.

„*Keskpäevaleht*“*, erklang im Hörer eine gelassene Stimme. Ich bat darum, weiter verbunden zu werden, und schon ertönte es nervös aus dem Hörer: „Ja hallo, am Apparat.“

„Hallo, hier ist Levi.“ Ich bemühte mich, so alltäglich wie möglich zu wirken. „Wie geht's?“

* „Mittagsblatt“

Nachdem ich mir von dem Mann eine lange Erklärung angehört hatte, wie wenig Zeit er habe, wie teuer alles geworden sei und dass er einen Idioten als Chef habe, versuchte ich, meinem Ziel näher zu kommen. „Ich habe hier einen kleinen Auftrag. Kannst du mir etwas über die Todesfälle der letzten Monate schicken? Du hast sie doch im Computer, oder?"

Es folgten ein Monolog zum Thema „Computer und Computeranwendung in der Welt von heute" und schließlich die Aufforderung, vor dem Mittagessen in der Redaktion vorbeizukommen.

Ich beeilte mich, das Gespräch zu beenden, denn für seine verbale Ausdauer war mein ehemaliger Mitstudent schon zu Unizeiten berühmt gewesen. Doch davon lebte auch seine Arbeit: Dort konnte er seinen Redestrom in die richtige Richtung lenken.

Ich war zufrieden. Es war etwas geschehen. Nichts war schlimmer als Untätigkeit, und es war immer besser, etwas zu machen, und sei es nur zur eigenen Beruhigung. Und wenn es auch noch so sinnlos war.

Die Aufstellung eines Aktionsplans war jetzt nicht mehr schwierig. Morgens die Routineüberwachung, gegen Mittag der Gang zur Redaktion. Ein paar Minuten von der Zeit, die zur Überwachung von Simons Mittagessen vorgesehen waren, konnten frei für andere Dinge verwendet werden. Sollte sich zwischen den Todesfällen und den mir von Panin zugeschickten Listen tatsächlich ein klarer Zusammenhang herausstellen, dann würde ich der Polizei das Material zuspielen und die Angelegenheit erfolgreich und hoch erhobenen Hauptes abhaken.

Ich hatte nicht vor, direkt mit der Polizei in Verbindung zu treten; eine anonyme Sendung würde mein Gewissen ausreichend beruhigen, und den Gesetzeshütern stünde genug Material zur Verfügung, um Simon festzunehmen. Oder einen anderen.

Während ich mit meinen morgendlichen Verrichtungen beschäftigt war, gelangte ich zu der Ansicht, dass es jemand anders sein musste. Ich vertraute meiner Menschenkenntnis vollständig – Saul Simon war kein Gangster! Ein unehrliches Geschäft – das war drin. Eine kleine Unterschlagung – auch das konnte man sich vorstellen. Der schelmische Blick dieses Mannes blitzte genau so, als ob ihm kleine Falschheiten großes Vergnügen bereiteten. Aber Morde und andere Gewalttaten? Nein, so ein Mann war Saul nicht.

18

Eine Stunde später, während ich das Simonsche Bürogebäude im Auge behielt, dachte ich immer noch an Saul. Konnte es denn irgendeinen Grund geben, warum sich ein erfolgreicher Geschäftsmann mit Verbrechen abgeben sollte? Bei allen anderen hätte ich Gier für ein Motiv gehalten, nicht aber bei Saul Simon. Er war mit Eleganz in der Lage, große Verluste zu verkraften und Gewinne mit einem zurückhaltenden Lächeln einzustreichen. Unterschlagung wäre viel zu trivial gewesen, Raub zu banal und Mord zu brutal. Nachdem ich alle Fremdwörter in Gedanken abgehakt hatte, begriff ich, dass ich dabei war, Saul schon von vornherein eine weiße Weste zu verschaffen.

Was sollte ich tun, mir gefiel ein eleganter und begabter Saul eben besser als ein Gangster-Saul. Wenn Karl ebenso viel Eleganz und Aufmerksamkeit besäße, würde ich ihn mit geringem Aufwand so weit bringen, dass er die Scheidung von seiner Frau beantragen würde, aber diese Absicht hatte ich nicht. Jedenfalls vorläufig noch nicht. Von Karl ging gleichzeitig etwas Urmännliches und Urjungenhaftes aus, was Frauen sicherlich anzog, für eine festere Bindung jedoch wenig hergab. Karl war ein starker Mensch, und er konnte einen in einem Augenblick einfach überfahren, ohne zu bemerken, dass er einem weh tat. Er meinte es nicht böse, aber in seiner Welt existierten keine schwachen Menschen. In Wirklichkeit existierte dort überhaupt niemand außer ihm selbst. Beim Sex verausgabte er sich vollkommen, um seine Partnerinnen zu befriedigen, aber das tat er für sich, nicht für die Frauen. Niemand sollte die Möglichkeit haben, ihn schwach, unbeholfen oder schlecht zu nennen.

Ich versuchte mir vorzustellen, wie Saul im Bett wäre. Vielleicht besser? Oder schwächer? Wenigstens hatte er mir gegenüber Interesse bekundet, und das in einer Form, in der Karl es niemals getan hätte. Saul war mit Schwung bei der Sache, machte galante Komplimente, und ich konnte mir vorstellen, mich in ihn zu verlieben. Mit Karl war es anders gewesen: Wir hatten zueinander gefunden, als wir zwanglos auf der Bettkante gesessen hatten, und dann hatte sich alles von selbst entwickelt, ohne größere Gespräche. Karl war gut im Bett, sehr gut. Aber er war nicht in der Lage, jemand anderen zu lieben als sich selbst. Als echter Skorpion – feurig, leidenschaftlich und phantasiebegabt – hatte er beschlossen, seine Frau zu lieben, und er hatte nicht vor, sich scheiden zu lassen, nur wusste er selbst nicht, was Liebe war. Frauen, die diese dunklen Seiten seines Charakters erkannt hatten, verließen ihn normalerweise sehr schnell. Aber Karl selbst glaubte, dass immer er es war, der die Beziehungen beendete, und litt unter Gewissensqualen.

Sonst war es mit Karl interessant, er hatte für einen Arzt verhältnismäßig viel gelesen, und zu den meisten Dingen hatte er eine eigene Ansicht, was bei der Mehrheit seiner Zeitgenossen ausgesprochen selten war. Aber über persönliche oder gar intime Themen konnte man mit Karl unmöglich sprechen. So machte ich mir keine Illusionen, sondern hatte lediglich beschlossen, so lange mit ihm zusammenzubleiben, wie ich Lust hatte oder bis ich jemand Sichereres oder Besseres finden würde. Vielleicht wäre Saul so jemand …

Ich fühlte mich viel zu nörgelig und anspruchsvoll, um weiter zu denken.

Ich griff wieder nach dem Fernglas und warf einen Blick ins Büro. Saul saß am Computer und hob gerade die Augen vom Bildschirm. „Was für ein Sternzeichen bist du?“, fragte ich in Gedanken. Quasi als Antwort brachte Saul die auf dem Tisch prangenden Waagschalen ins Wanken. Ich bemerkte im Blick des Mannes denselben verschlossenen Zug, der mir bereits im Restaurant aufgefallen war. Es war der nach innen gekehrte Blick eines müden Mannes, an dem Außenstehende keinen Anteil nehmen durften. Immerhin durfte ich es.

Es passierte selten, dass mir meine Arbeit peinlich war. Dieser Augenblick war ein solcher. Es war das Gefühl, als hätte ich in das Schlafzimmer anderer Leute gespäht … Nein, das war ein schlechter Vergleich, dorthin hatte ich ohne irgendwelche Schuldgefühle gespäht. Jedenfalls ließ ich das Fernglas sinken und nahm ein bisschen ungeschickt einen Schluck Tee, geradezu als wollte ich mir beweisen, dass ich völlig unschuldig war.

19

Simon speiste in seinem Stammlokal zu Mittag. Folglich hatte ich keinen Grund, seine Bissen zu zählen, sondern eilte stattdessen in die Redaktion.

Dort dauerte es etwas länger, als ich gedacht hatte. Als mein Bekannter mich sah, griff er sich theatralisch an den Kopf und machte sich erst jetzt daran, die für mich interessanten Artikel auszudrucken, während er selbst unbekümmert plauderte. Er fragte nicht einmal, wozu ich diese Geschichten überhaupt brauchte, so sehr war er mit seinem eigenen Gerede beschäftigt. Als ich mich endlich aufmachte, war schon mehr als eine halbe Stunde vergangen.

Ich parkte mein Auto genau in dem Augenblick, als die mir schon bekannten Quadratschädel aus dem Restaurant herausspaziert kamen. Ich machte mich so unsichtbar wie möglich, aber zum Glück schenkten diese Monster meinem bescheidenen Ford keine Beachtung.

Was sollte das jetzt wieder heißen? Hatten die Männer eine Unterredung mit Simon gehabt? Ich warf einen Blick durch das Restaurantfenster. Sauls Tisch war leer. Auch das Geschirr war abgeräumt. Folglich war er schon vor einer Weile zurückgegangen.

Ich wendete mit quietschenden Reifen und bremste schon kurze Zeit später abrupt vor dem altbekannten Hotel. Mit ein paar riesigen Schritten stürmte ich in mein Zimmer, warf die Tür hinter mir zu und stürzte mich auf das Fernglas. Saul saß am

Computer, als sei er in der Zwischenzeit gar nicht weggewesen.

Mit den Quadratschädeln hatte sich Simon gewiss nicht getroffen, dazu wäre auch gar keine Zeit gewesen. Und sogar Quadratschädel mussten manchmal essen, es war also ein Zufall gewesen, redete ich mir ein. Ich beruhigte mich ein wenig und bestellte mir telefonisch etwas zu essen aufs Zimmer. In den letzten Tagen hatte ich zwar nicht gerade verschwenderisch gelebt, aber sicherlich auch nicht gegeizt. Frau Simon würde es trotz allem Freude bereiten, meine Rechnungen zu begleichen. Umso mehr, da sie meiner Überzeugung nach von mir Informationen erhalten würde, die sie freuen mussten.

20

Der Tag ging in den Abend über wie alle vorangegangenen. Ich fuhr im Konvoi mit Simon zu ihm nach Hause nach Pirita und zog mich selbst in meine Festung zurück. Ich hatte keine Pläne in Bezug auf die Auswertung der Listen und die Einsicht in die Artikel.

Ich breitete alle Artikel auf dem Schreibtisch neben den Listen aus. Dann vertauschte ich mein Kostüm mit meinen Freizeitkleidern, ließ mir ein Bad ein und setzte mich ins Zimmer an mein Tagebuch. Nach ungefähr zehn Minuten war die Zusammenfassung erledigt, und somit konnte ich die Listen in Angriff nehmen.

Die Türglocke durchkreuzte diese Pläne. Bevor ich mich der Tür näherte, drehte ich im Vorbeigehen auch den Wasserhahn zu, denn meine Wasserrechnungen musste ich leider selbst bezahlen – die Wasserqualität in Tallinn war in den letzten Jahren deutlich gestiegen, die Preise allerdings auch.

Vor der Tür stand Karl. Nachdem er eingetreten war und die Tür hinter sich zugezogen hatte, zog er mich in seine Arme. Mein Ohr vermisste das gewohnte Schnappen des Sicherheitsschlosses, aber jetzt reichte es mir, dass die Tür ausreichend dicht war. Ich bemerkte die angesammelte Spannung nach einem Mann, zu deren Erdung wir uns im Flur lange küssten. Wir hatten noch kein Wort gesprochen, aber umso leidenschaftlicher waren unsere Liebkosungen geworden. Und unsere Küsse gieriger. Was sollten wir unserer Körpersprache noch hinzufügen? Seit langem abgenutzte Worte?

Karls starke Hände waren voller Seide und Feuer … Auch meine nervliche Spannung bedurfte einer Erdung.

Wir waren stürmischer als je zuvor. Als würden wir vor einer langen Trennung stehen. Die Hände brauchten keine Lenkung durch den Verstand mehr, sie wussten, was zu tun war. Wir hatten keine Zeit, ins Schlafzimmer zu gehen oder uns wenigstens auf den Boden zu legen. Als wir uns dem Höhepunkt näherten, drehte Karl mich mit dem Rücken zu sich. Ich bückte mich nach vorne und stützte mich mit den Händen auf den Fußboden, wie in einem Film. Filmpaare machten es selbst auf einem Tennisplatz, wir waren wenigstens unter einem Dach.

Ich fühlte mich nicht besonders behaglich, mich erregten eher Karls Leidenschaft und seine Wildheit. Karl kam zum Ende, und ich schmiegte mich an ihn. Es ging mir trotzdem gut. Unsere Kleider hingen lächerlich an uns herab, aber unsere Körper suchten immer noch die Nähe.

Karl drehte mich wieder mit dem Gesicht zu sich. Nach einem zarten Kuss sah er mir in die Augen und öffnete zum ersten Mal seinen Mund, um etwas zu sagen:

„Ich kann nicht sagen, dass ich nicht in dich verliebt wäre“, ertönte ein kaum hörbares Flüstern.

Ich betrachtete Karl erstaunt. Der Mann, von dem ich erst heute gedacht hatte, dass er zu einer solchen Äußerung nicht in der Lage sei. Karls Satz war zwar so unbestimmt, dass er aus dem Mund eines jeden anderen wie eine Floskel geklungen hätte, aber aus seinem Mund konnte er etwas sehr Wesentliches bedeuten.

Ich küsste ihn und stieß mich sanft von ihm weg. „Dann heirate mich doch“, neckte ich ihn, während ich meine Kleider ordnete. Karl lehnte sich mit dem Rücken an die Wand und sah mich aus dem Augenwinkel an.

„Vielleicht heirate ich dich sogar“, antwortete er irgendwie müde und trotzig. Offensichtlich hatten Probleme zu Hause und auf Arbeit seinen üblichen angeborenen Optimismus heftig ins Wanken gebracht. Er begann mir Leid zu tun. Jeder Amoklauf endete mit einer Enttäuschung, aber Karl wollte das mit seinen zweiunddreißig Jahren irgendwie nicht verstehen. Ich küsste ihn noch sanfter auf die Wange, und dann fiel mir ein, dass die Wanne voll mit heißem Wasser war.

„Steig in die Wanne“, sagte ich mütterlich. „Ich bringe dir einen Kaffee. Bleibst du länger?“

Karl zuckte nur mit den Schultern und verzog sich dankbar ins Badezimmer. Wenigstens würde er dort länger bleiben. Ich hatte im Badezimmer einen Kassettenrecorder und Kopfhörer. Seit Karl das entdeckt hatte, zogen sich alle seine Wannenbesuche mindestens eine Kassettenseite lang hin.

Ich brachte den Flur ein wenig in Ordnung, steuerte auf die Küche zu und setzte Wasser auf. Draußen schien der Mond. Aus dem Küchenfenster sah ich vorbeisegelnde Wolken und dazwischen einen ungewöhnlich klaren Vollmond. Es gibt das Gerücht, dass bei Vollmond die meisten Verbrechen begangen werden. Ich war mir nicht sicher. Was war meine soeben begangene ehebrecherische Tat denn anderes? Früher wurde einem wegen einer solchen Sache der Kopf abgeschlagen, oder man wurde auf dem Scheiterhaufen verbrannt. Heutzutage passierte so etwas nicht, man trennte sich lediglich, und manche litten zusätzlich unter Gewissensqualen.

Vom Flur ertönte ein leichtes Knacken der Fußbodendielen. War Karl schon fertig? Ich ging ein paar Schritte in Richtung Tür. Ich konnte gerade noch ein paar glänzende Meckifrisuren sehen, dann wurde alles dunkel …

◆◆◆

Alex

Die Entdeckung der neuen Welt

1 Mit naivem Selbstbewusstsein sah mich Agnes an. Ich fühlte mich unbehaglich. Sie war unter dem Vorwand gekommen, sich bei mir ein Buch leihen zu wollen, aber offensichtlich versuchte sie, all ihre Erfahrung einzusetzen, um mich zu verführen. Eine nette Kollegin, aber nicht mein Typ. Ich hätte nicht einmal die Absicht gehabt, mit ihr ins Kino zu gehen, von anderen Dingen ganz zu schweigen. Mit einer Freundin von Agnes hatte ich eine kurze Affäre gehabt, und jetzt war ich wieder zu haben. Sie glaubte wohl, dass man mir nur ein Zeichen geben müsse und ich sofort losbaggerte, pfui! Warum wollten diese dummen Dinger nur um jeden Preis verführt werden?

Ich ließ das offenherzige, vertrauensselige Geplapper des Mädchens an mir vorbeiplätschern und überlegte, wie ich sie möglichst schmerzlos und mit möglichst wenig Aufwand loswerden könnte.

Genau in diesem Augenblick klingelte das Telefon. Was für Schüler die Pausenglocke ist, ist das Telefon für Lehrer, nämlich die letzte Rettung aus einer brenzligen Lage!

Aus dem Hörer drang eine etwas verworrene Erzählung von Karl. Wir hatten uns ein paar Mal bei Levi getroffen, er war Levis Liebhaber oder so etwas Ähnliches. Mir hatte er nicht besonders gefallen, er hatte ein irgendwie reserviertes Wesen, und Levi hatte mich offensichtlich auf die Bitte des Mannes hin um äußerste Diskretion gebeten. Als ob ich wer weiß was für ein Klatschmaul wäre!

Auf jeden Fall drang jetzt aus dem Hörer die Stimme eben dieses Mannes, und von Reserviertheit war keine Spur zu bemerken. Die Sätze kamen ein bisschen tastend, und ich spürte, wie Karl sich bemühte, ruhig zu wirken:

„Ich bin gerade bei Levi. Das Problem ist, dass sie, als ich aus dem Badezimmer kam, verschwunden war. Die Tür stand halb offen, und sie hat keine Oberbekleidung, keine Tasche oder andere Dinge dieser Art mitgenommen. Ich warte jetzt schon seit zwei Stunden, aber sie ist nicht gekommen“, fuhr die Stimme im Telefonhörer fort. „Ich dachte, dass Sie mir vielleicht sagen können, ob sie eventuell irgendwelche Pläne für heute Abend hat?“

So ein Idiot! Pläne für heute Abend! Was hatte eine Frau wie Levi überhaupt mit so einem dämlichen Typen zu schaffen? Offenbar hatte das Mädchen endlich die Nase voll von ihm gehabt und war einfach spazieren gegangen.

Aber vielleicht verhielt es sich auch ganz anders …

„Wissen Sie, ich habe im Zimmer und in der Küche gewartet. Dann habe ich noch eine Runde durch die Wohnung gedreht und gesehen, dass in der Tür Levis Hausschuh lag, und der Teppich war aufgeworfen, als ob dort jemand entlanggezerrt worden wäre. Levi sagte einmal, dass ich, wenn etwas geschehen sollte …“, der Mann suchte zögernd nach Worten, „… Sie anrufen sollte. Ich weiß, was für einen Beruf sie hat, und deswegen dachte ich, dass … Ich möchte nicht die Polizei anrufen. Sie war irgendwie nervöser als sonst, und weil Sie sie besser kennen, möchte ich Sie bitten, hierher zu kommen, wenn Sie können.“

Das Ende kam angestrengt und ohne Pausen. Es war klar, dass Karl die Bitte nicht gerne ausgesprochen hatte. In Wirklichkeit machte ich mir keine sonderlichen Sorgen, aber die Möglichkeit, der Belagerung durch Agnes Jakobson zu entkommen und draußen frische Luft zu schöpfen, war verführerisch. Die junge Dame hatte vor ihrer Ankunft in Parfum gebadet und kam bei jeder Gelegenheit möglichst dicht an mich herangeschwommen, so dass ich mich zur Abwechslung nach frischer Luft sehnte. Und dies umso mehr, als die Strahlen der untergehenden Sonne über zwei große Pelargonien ins Zimmer fielen und vor meinem geistigen Auge das Bild von einer bald hereinbrechenden trüben, lauen Sommernacht hervorzauberten. Ein schöner Gedanke. Ich beschloss, von den Pelargonien aus an die Luft zu tauchen. Ich liebte diese Blumen nicht besonders, aber eine meiner Freundinnen vergötterte sie geradezu.

„Gut, ich komme gleich", sagte ich ins Telefon und nahm aus dem Augenwinkel eine unzufriedene Bewegung von Agnes wahr. „Ich bin in ein paar Minuten da."

Ich legte den Hörer auf und entschuldigte mich, dass ich gehen müsse.

„Ich komme dann morgen vorbei und bringe das Buch mit", verkündete Agnes mit strahlenden Augen, und ich versuchte dahinter zu kommen, ob sie zwischendurch auch darin blättern würde oder es nur sozusagen auf einen Ehrenplatz legen würde. Sie würde es jedenfalls nicht schaffen, innerhalb eines Tages vierhundert Seiten zu lesen.

2

Ungefähr zehn Minuten später war ich bei Levis Wohnung. Vor der Tür nahm mich Karl in Empfang; er hatte ein blaues Auge.

„Habt ihr euch gestritten?", fragte ich fröhlich. Der Anzug des Mannes hatte leicht Schaden genommen, und an seiner düsteren Miene war zu erkennen, dass der Witz auf taube Ohren stieß.

„Hast du einen Schlüssel?", kam die überraschende Frage. Ich angelte aus der Tasche meinen Schlüsselbund hervor, an dessen Ring auch Levis Türschlüssel hing.

„Ich verstehe nicht, was hier vor sich geht", schimpfte Karl, als wir eingetreten waren und er mit einem Taschentuch seine Hose abgewischt hatte. „Nach dem Anruf bei Ihnen habe ich im Treppenhaus irgendwelche Stimmen gehört, und ich dachte, verdammt noch mal, dass eine wie die von Levi klang. Und als ich dann die Tür aufmachte und die Treppe hinunterstieg, kam von dort so ein verdammter Kerl in einer Lederjacke und versetzte mir so mir-nichts-dir-nichts einen Schlag. Was zum Teufel geht hier vor? Heißt das, man soll wie ein Kaninchen in seinem Bau sitzen und die Nase nicht rausstecken, sonst kommt so ein

Schrank von einem Mann mit niedriger Stirn und knallt einen gegen die Wand? Verdammt, die Tür hat er auch zugemacht, und jetzt hänge ich hier im Treppenhaus rum wie der letzte Idiot!"

Karl hatte jede Beherrschung verloren und schimpfte, ohne auf seine Wortwahl zu achten. Ich ließ ihn fluchen und sondierte das Terrain. Die Wohnung war mehr oder weniger in Ordnung. Soweit bei Levi überhaupt die Rede davon sein konnte.

Karl war ein paar Minuten regelrecht bewusstlos gewesen. Dann hatte er sich zur Tür geschleppt und dort auf mich gewartet. Das war die ganze Geschichte.

„Und wo ist Levi jetzt?", fragte ich im Vorbeigehen.

„Woher soll ich das wissen!", brüllte Karl. Er beherrschte sich und fügte etwas leiser hinzu: „Dazu habe ich dich ja herbeigerufen, um die Sache zu besprechen."

In seiner Aufregung hatte er angefangen, mich zu duzen.

Um die Sache zu besprechen.

Ich hakte nach: „Habt ihr euch gestritten?"

„Nein", antwortete der Mann rasch. „Ich kam wie üblich, und dann ging ich in die Wanne … Weiter wissen Sie ja schon Bescheid. Ich dachte am Anfang auch, dass sie vielleicht für einen Augenblick einkaufen gegangen sei oder so etwas. Aber jetzt sind schon drei Stunden vergangen!"

Ich konzentrierte mich. Wenn Levi sich auf eine richtig miese Geschichte eingelassen hatte, dann konnte auch ich nichts machen. Man müsste die Polizei informieren, aber was sollte man erzählen? Dass eine erwachsene Frau schon seit drei Stunden nicht mehr zu Hause war? Und ein Hausschuh in der Tür lag? Unsinn!

Ich versuchte, in Gedanken das Geschehene zu rekonstruieren. Karl war im Badezimmer gewesen, Levi in der Küche. Wäre Levi von sich aus hinausgegangen, hätte sie eine Nachricht hinterlassen oder Bescheid gesagt. Ebenso wenig hätte sie einen Grund gehabt, sich aus dem Staub zu machen, Levi vertrug keine Unklarheiten. Sogar wenn sie Karl hätte loswerden wollen, wäre sie nicht heimlich davongeschlichen, sondern hätte den Mann hochkant zur Tür hinaus befördert. Wenn aber ein Kampf stattgefunden hätte, dann hätte Karl das eigentlich hören müssen.

„Haben Sie keine Stimmen gehört?“, fragte ich Karl ein wenig ruhiger.

„Ich habe Musik gehört. Ich hatte Kopfhörer auf, die Tür des Badezimmers war zu, und ich lag halb weggedämmert in der Wanne. So dass ich von dem, was im Zimmer oder im Flur passiert ist, nichts gehört habe.“

Der Mann begann ein wenig sympathischer zu wirken.

„Ist der Kerl, der Sie niedergeschlagen hat, nicht in das Zimmer gegangen?“, fragte ich.

„Woher soll ich das wissen!“, knurrte Karl. „Ich habe mich ein bisschen im Treppenhaus ausgeruht. Ich habe nicht nachgesehen, wo der Herr einzutreten geruhte.“

Aber die Tür war zu! Ich öffnete die Wohnungstür und versuchte, sie in einen Zustand zu versetzen, dass sie von selbst zufallen konnte, aber einen solchen Zustand gab es nicht. Auch die Fenster waren zu, so dass ein Luftzug nicht in Frage kam.

„Und Sie haben die Tür nicht etwa selbst zugestoßen?“, fragte ich vorwurfsvoll.

„Die Tür war weit genug offen geblieben, um nicht zuzufallen“, verkündete Karl resolut. Dann hob er die Augenbrauen:

„Glaubst du, dass etwas gestohlen worden ist?“

Karl tat sich mit dem Duzen offenbar leichter als ich. Ich sah in meinen Klamotten nicht gerade solide aus, wohingegen Karl in seinem wenn auch etwas staubigen Anzug stattlich und gewichtig wirkte.

„Lässt sich nicht feststellen, ob etwas verschwunden ist?“ Ich wählte anstelle einer direkten Anrede eine etwas unverfänglichere Form. „Ist etwas von der Stelle bewegt oder gestohlen worden?“

„Nein, meiner Ansicht nach nicht.“ Karl ließ die Augen durch das Zimmer gleiten. „Levi wollte mir noch einen Kaffee machen, aber in der Küche habe ich nichts Besonderes feststellen können. Der Kaffee war fertig, als ich aus dem Bad kam, und dem Geschmack nach zu urteilen hatte er schon eine ganze Weile gestanden. Es war also kein geplanter Aufbruch. Aber bestimmt ist hier nichts durchsucht worden, alles ist in demselben Zustand wie vorher."

Dann hellte sich Karls Blick ein wenig auf. Man sah, dass er versuchte, etwas in sein Gedächtnis zurückzurufen, und ich unterbrach ihn nicht, musste aber mühsam ein Lächeln unterdrücken: Karl sah mit seiner nachdenklich gerunzelten Stirn, seinen verdrehten Augen und seinem staubigen Anzug nur allzu witzig aus.

„Die Papiere", sagte Karl schließlich erleichtert. „Hier auf dem Tisch lag ein Haufen Papiere, und jetzt ist hier bloß noch diese Zeitung. Ja", Karl wurde lebendiger, „jetzt erinnere ich mich genau. Es waren zwei Stapel. Auf dem einen lagen irgendwelche Zeitungsartikel."

„Aus welcher Zeitung?"

Es folgten eine lange Pause und schließlich die unglückliche Feststellung:

„Ich erinnere mich nicht!"

Ich zögerte einen Augenblick. Levi führte ein Tagebuch, das war jetzt der einzige Ort, an dem man suchen konnte. Die Sache war offenbar schwerer wiegend, als es ursprünglich den Anschein gehabt hatte. Levi hatte ja nie auf mich gehört und blieb nach wie vor bei ihrer dummen Arbeit. Ich hatte ihr zwar stets alles mögliche Unheil prophezeit, aber nein, sie hatte ja immer die Spiele der Jungs spielen müssen.

Ich trat vor das Regal, in das Levi bei meinem letzten Besuch ihre Notizen gesteckt hatte. Der erste Ordner, der mir in die Hände fiel, war über ein Jahr alt, und auf der Titelseite standen irgendwelche Preise. Ich legte ihn beiseite und nahm den nächsten. Ein paar Ordner weiter fand ich den richtigen. Das Anfangsdatum war vom Beginn dieses Monats, ein Abschlussdatum stand noch nicht da.

Ich öffnete das Tagebuch auf der letzten Seite und las den Eintrag des heutigen Tages. Es bestand kein Zweifel, dass die Polizei von der Sache erfahren musste.

„Ich hoffe auf Ihre Diskretion." Karl ging wieder zum „Sie" über. Mein Vorschlag, bei der Polizei anzurufen, stieß bei ihm nicht gerade auf Begeisterung, aber so viel Grips hatte er immerhin, dass er kapierte, wie die Dinge standen. „Ich weiß, dass es nicht gelingen wird, mich aus dem Spiel zu lassen, aber … ich möchte nicht selbst mit der Polizei über die Sache sprechen. Verstehen Sie?"

Und ob ich das verstand, der gute Ruf und so weiter! Und die ausgefahrenen Krallen und Beschimpfungen seiner Frau. Ich verstand sehr wohl. Ich nickte als Antwort und wählte die Nummer der Polizei.

„Diensthabender Wachtmeister!", erklang eine schläfrige Stimme.

Ich begann zu erzählen, was passiert war, aber nach kurzer Zeit unterbrach mich die Stimme: „Wie ist Ihr Name?"

Ich nannte meinen Namen. Meine Adresse war das Nächste, was mir abverlangt wurde, also sagte ich auch meine Adresse.

„Sind Sie zu Schaden gekommen?"

„Nein", brüllte ich ins Telefon, denn dieser verschlafene Typ begann mich aufzuregen. „Offenbar ist mit meiner Schwester etwas passiert."

„Wie ist der Name Ihrer Schwester?", fuhr die Stimme gleichgültig und teilnahmslos fort. Ich nannte auch den Namen von Levi und ihre Adresse, und schließlich erhielt ich die Gelegenheit, ausführlich zu erzählen, was passiert war.

„Und sie ist seit drei Stunden weg?", fragte die Stimme. „Schlagen Sie da nicht ein bisschen voreilig Alarm?"

„Ich habe Ihnen von ihrer Arbeit erzählt." Ich versuchte, Ruhe zu bewahren. „Sie hat Dinge untersucht, die lebensgefährlich sind. Jetzt ist sie verschwunden, und ihre Papiere sind ebenfalls weg. Und im Zimmer sind Kampfspuren." Mir fiel noch dieser Satz ein, der die Aufmerksamkeit der Polizei wecken könnte.

„Warten Sie, ich verbinde Sie", teilte die Stimme resigniert mit, und bald ertönte aus dem Hörer eine etwas aufgewecktere Männerstimme. Ich erzählte meine Geschichte noch einmal von

Anfang an und versuchte, die Geschehnisse für die Polizei etwas interessanter aufzubereiten: Das Zimmer sei auf den Kopf gestellt worden, man habe Karl windelweich geschlagen, Papiere seien verschwunden. Die muntere Stimme versprach, sofort herzukommen.

Nach zwei Stunden kam die Polizei. Inzwischen hatten Karl und ich Kaffee getrunken und versucht, nichts Wesentliches zu verändern, um keine eventuellen Spuren zu verwischen. Ich vertiefte mich auch äußerst gründlich in Levis letzte Tagebucheinträge. In einer gesonderten Mappe waren Materialien zu ihrem aktuellen Fall, die jedoch keinen sonderlichen Nutzen zu haben schienen. Im Tagebuch sah es anders aus: Dort tauchte so mancher Name auf, und es wurde auch klar, welchen Inhalts die gestohlenen Papiere waren.

Der Mann in Zivil zeigte seine Dienstmarke und fragte nach Details. Dann sah er sich in der Wohnung um und gelangte mit seiner Deduktivmethode zu der glänzenden Schlussfolgerung:

„Im Zimmer sind ja gar keine Kampfspuren!"

„Und das Auge dieses Herren, ist das Ihrer Ansicht nach Kriegsbemalung?" Ich zeigte aufgebracht auf Karl. Karl stand mitten im Zimmer und bemühte sich, möglichst würdig auszusehen. „Und welchen Widerstand sollte Ihrer Meinung nach eine schwache Frau leisten, wenn sie jemand überfällt?"

Ich unterließ den Hinweis, dass es nicht zu empfehlen wäre, es bei Levi auszuprobieren, aber die stoische Ruhe des Polizisten und seine offensichtliche Gleichgültigkeit ließen mir die Galle überlaufen. Man schien nicht zu glauben, dass irgendetwas Ernstes passiert sei.

Dann musste ich alles noch einmal möglichst detailliert erzählen, und auch Karl ergänzte von seiner Seite aus. Der Kriminalbeamte steckte seine Nase überall hinein und stellte im Vorbeigehen Fragen:

„An was für einem Fall hat Levi Allan in der letzten Zeit gearbeitet?"

„Meines Wissens beschattete sie einen gewissen Herrn Simon", antwortete ich zögernd, denn ich hatte im Augenblick meine Zweifel, ob man über so ein vertrauliches Material ohne weiteres plaudern durfte. Ich reichte dem Beamten auch die Mappe mit den Fotos und der Beschreibung von Saul Simons Aktivitäten.

„So so“, sagte der Beamte und fuhr fort: „Ihrer Meinung nach ist Ihre Schwester also entführt worden? Und Sie fragen sich, wer so etwas tun konnte?“

Ich verwies auf Levis Untersuchungsobjekt, und schließlich war ich gezwungen, auch über das Tagebuch zu sprechen. Der Beamte wurde deutlich lebhafter.

„Wo ist dieses Tagebuch?“, fragte er und sah sich um. Ich reichte es ihm widerstrebend. Ich hatte es selbst durchgelesen, aber es war widerlich, neben den gesamten übrigen Informationen einem Außenstehenden die intimen Niederschriften der eigenen Schwester zu übergeben. Aber es war nicht zu ändern – es war die einzige Möglichkeit, der Polizei rasch zu helfen. Levis Leben war in Gefahr, und je schneller der polizeiliche Untersuchungsapparat in Gang kam, desto besser war es für Levi.

Wir unterschrieben ein paar Papiere, übergaben dem Beamten ein Foto von Levi und beantworteten einige formelle Fragen.

„Hatte sie noch irgendwelches Material?“, schloss der Beamte seine Befragung ab.

Ich verneinte und sah Karl fragend an. Er schüttelte mit schmerzverzerrter Miene den Kopf.

„Die Sache wird unverzüglich in Angriff genommen“, teilte der Beamte im Fortgehen trocken mit. „Wenn Sie an irgendwelche zusätzlichen Informationen kommen, dann rufen Sie mich bitte an.“

Ich bekam eine Visitenkarte, und nachdem ich die Tür hinter dem Beamten geschlossen hatte, sahen wir uns eine Weile an.

„In Filmen läuft so etwas ganz anders ab“, bemerkte ich erfahren. „Da sammeln sie Fingerabdrücke und Haare und lauter solche Dinge ein, aber hier fuhrwerkt gerade mal ein einziger Beamter herum und bringt die Leuten um ihren Schlaf.“

Die Uhr zeigte schon drei Uhr nachts.

Ich ging zum Fenster und warf einen Blick auf den Beamten, der mittlerweile auf der Straße angelangt war. Der Mann setzte sich auf den Rücksitz eines schwarzen Mercedes, und im Licht, das beim Öffnen der Tür anging, sah ich die glänzende Meckifrisur des Fahrers. Das Auto brauste davon, und zu meinem Entsetzen erkannte ich die aus Levis Tagebuch bekannte Ziffernkombination 2 und 4. Außerdem erkannte ich noch ein A auf dem Nummernschild, mehr erfasste mein Gehirn in diesem Augenblick nicht mehr.

„Verdammte Riesenscheiße!" Ich fuhr herum. Karl warf mir einen erstaunten Blick zu. „Wir haben nicht nur Levi verloren, sondern auch das Beweismaterial und die Möglichkeit der Unterstützung durch die Polizei."

„Jetzt reg dich nicht auf, Levi wird sicher wieder gefunden." Karl verstand die Ursache für meine Wut nicht, sondern hielt meinen Wutausbruch für einen hysterischen Anfall. Deswegen auch dieser beruhigende Onkel-Doktor-Ton. Ein Onkel Doktor war er ja auch – ausgebildet zum Arzt, von Beruf Geschäftsmann. Wenigstens hatte Karl sein Geschäft mit der Medizin kombiniert, so dass er seine Qualifikation nicht völlig vergeblich erworben hatte. Er hatte eine Frau, die hübsch war, keine Frage, sogar irgendeine Misswahl oder dergleichen hatte sie gewonnen, aber sie war dumm wie Bohnenstroh. Sonst würde sich der Mann nicht mit Levi treffen.

Ich erklärte kurz und bündig, wie man uns gerade übers Ohr gehauen hatte. Und ich hatte selbst freundlich das letzte Material aus der Hand gegeben, von dem man bei einer Untersuchung noch irgendwelchen Nutzen gehabt hätte!

„Was bedeutet, dass Levi nicht gefunden werden wird", teilte ich nach einer Pause mit. „Sie wird nicht gefunden, wenn wir uns nicht selbst darum kümmern."

Karl gaffte mich verblüfft an. Dann griff er nach dem Telefon und wählte die Nummer des Kriminalbeamten, die auf der Visitenkarte stand.

„Pizza-Service, guten Abend", erklang eine freundliche Stimme aus der Muschel. Karl schmiss den Hörer auf die Gabel und las auf der Visitenkarte: *Zentrales Nachforschungsbüro. Detektiv. Boris Pasternak.*

Dass ich mir den Namen des Mannes nicht angesehen hatte! Nur gut, dass er nicht Tolstoj oder Lermontov hingeschrieben hatte, unser Gegner hatte immerhin eine humoristische Ader. Und Geld – ohne das bekam man von der Polizei keine Auskünfte.

Dem Impuls einer momentanen Inspiration folgend, griff ich nun meinerseits nach dem Telefon und schraubte die Sprechmuschel auf. Dort war sie – eine Wanze. Ein kleiner reizender Apparat, der alle Gespräche zu einem anderen Ort hin übertrug.

Ich wählte eine beliebige Nummer, und bevor irgendjemand antworten konnte, brüllte ich so heftig wie ich konnte in den Hörer: „Ich blase dir deine verdammten Ohren weg!"

Karl hatte meine Handlungen mit einem Schmunzeln mitverfolgt und konnte jetzt sein Gekicher nicht mehr zurückhalten. Er bemühte sich zwar sofort, sein unangebrachtes Verhalten hinter einem sachlichen Hüsteln zu verbergen, aber die Schadenfreude spiegelte sich in seinen Augen wider. Das geschah dem Lauscher recht!

Ich riss den Hörer aus dem Apparat und wollte ihn schon zerschmettern, aber zum Glück gelang es Karl, meine Hand zu packen.

„Warte, gib nicht so an." Karls Worte beruhigten mich. Meine rasende Wut wich allmählich wieder nüchternem Verstand. „Ein Abhörapparat ist ein Beweisstück! Das darfst du nicht einfach kaputtschlagen. Was würde dir das bringen?" Er nahm die Wanze in die Hand und drehte ein wenig daran herum.

Ich setzte mich und bemerkte sarkastisch, dass auch ich zum „Du" überging:

„Und wem zeigst du dieses Beweisstück? Dem Pizza-Service?"

Wir waren allein. Oder zu zweit. Ich wusste nicht, wie viel Nutzen Karl bringen würde. Auch meine Möglichkeiten schätzte ich als nicht sonderlich hoch ein. Mit der Polizei war nicht zu rechnen. Korrupte Bullen, Judasse, Mistkutscher! Ich verachtete sie in einem solchen Ausmaß, dass ich nicht einmal mehr passende Schimpfwörter fand!

Karl hatte dagegen seine Selbstbeherrschung wiedergefunden und zeigte, dass er seinen Kopf nicht nur hatte, damit sein Friseur nicht arbeitslos wurde. Er nickte in Richtung Tür, und nun begriff auch ich, dass hier noch weitere Apparate sein konnten.

„Solche Geräte verkaufen nur wenige", erklärte er ruhig, als wir auf die Straße gelangt waren. „Und nur wenige kaufen sie. Das wäre eine Spur, auf der wir anfangen könnten zu suchen."

Ich sah Karl in die Augen und fragte ohne Umschweife:

„Was hast du vor? Du hast meines Wissens nach Frau und Kinder. Mal ganz abgesehen davon, dass du Levis Liebhaber bist – oder vielmehr Levi deine Geliebte ist –, bist du zu nichts verpflichtet. Der Weg, der dir bevorsteht, kann äußerst indiskret sein. Und gefährlich, lebensgefährlich sogar. Ich habe aber nicht vor, aus Diskretionsgründen Zeit zu verlieren oder irgendetwas zu unterlassen, also triff deine Entscheidung!"

Ich hatte nicht grob sein wollen, aber in diesem Augenblick konnte ich nicht lange nach schönen Worten suchen. Ich erwartete eine ablehnende Antwort, außerdem befürchtete ich, dass Karl mir einfach zur Last fallen könnte. Umso größer war meine Überraschung, als er ohne Umschweife antwortete:

„Ich habe nicht vor, Zuschauer zu bleiben. Ich weiß, dass du keine allzu hohe Meinung von mir hast, aber du kannst auf mich zählen."

Ich begann allmählich zu verstehen, was Levi an dem Mann fand. So jemand konnte sich über Kleinigkeiten aufregen, bei größeren Sachen war er die Ruhe selbst. Zur Bekräftigung meiner Gedanken fuhr Karl fort:

„Mich regt sinnloses Herumrennen auf. Wenn ich nicht verstehe, warum irgendwas passiert. Wenn ich aber den Grund für eine Sache weiß, kann ich sie in Ruhe analysieren. Ich habe auch Verbindungen, die uns nützen können. Und zu zweit sind solche

Dinge ein wenig einfacher zu erledigen; einen allein kann man leicht aus dem Weg räumen."

Karl hatte Recht. Aber eine Bemerkung konnte ich mir nicht verkneifen:

„Und deine Familie? Was sagt deine Frau dazu?"

Karl schwieg einen Augenblick, dann sagte er eher nebenbei:

„Das muss sie nicht interessieren."

„Und deine Arbeit?" Ich ließ nicht locker.

„Welche Arbeit?", fragte Karl zurück. „Dieses ‚ich kaufe-verkaufe-vermittle'? Denkst du, dass die Welt untergeht, wenn ich zwischendurch eine Pause mache? Nein, mein Lieber, vom Operationstisch kann man nicht einfach weggehen, aber davon, dass ich zwischendurch einmal nichts kaufe, verkaufe oder vermittle, geht ganz bestimmt die Welt nicht unter!"

Wir wechselten einen Blick, und es entstand eine ungemütlich lange Pause.

„Warum willst du das tun?", fragte ich schließlich.

„Levi ist mir wichtig, ich will sie nicht verlieren", antwortete Karl und blieb plötzlich stehen.

Die Auseinandersetzung war beendet, nun hieß es, zur Tat zu schreiten. „Wohin gehen wir?", fragte Karl ganz nebenbei.

Ich hatte darüber noch überhaupt nicht nachgedacht. Wie von selbst hatten meine Beine begonnen, den Weg nach Hause einzuschlagen.

„Ich habe ja bei dir angerufen, denk dran! Also ist es bei dir zu Hause nicht ungefährlicher als bei Levi. Meine Wohnung wäre prinzipiell sicherer, denn obwohl ich diesem Pasternak meinen Namen und meine Adresse gegeben habe, dürfte klar sein, dass ein untreuer Ehemann seine Geschichte nicht unbedingt der Polizei aufdrängt."

Es schien mir, als spreche er mehr mit sich selbst als mit mir. Er dachte laut, es war kühle Gedankenarbeit, die nicht eine Spur von Emotionen enthielt.

„Aber bei mir geht es natürlich nicht", schmunzelte Karl und winkte einem vorbeiflitzenden Taxi. Er nannte dem Taxifahrer eine Adresse in der Nähe des Hafens, die mir nichts sagte.

„Meine Firma", erklärte mein Begleiter. Den übrigen Weg legten wir schweigend zurück.

An der Firma war nichts auszusetzen. Sie war in einem alten Holzhaus untergebracht, in dessen Erdgeschoss ein kleiner Verkaufsraum und Lagerräume eingebaut waren, und die Zimmer im oberen Stockwerk waren für gelegentliche Übernachtungen ausgesprochen gut geeignet. Karl fühlte sich ganz wie zu Hause. Offenbar verbrachte er nicht zum ersten Mal eine Nacht hier.

„Jetzt erzähl mir, was die junge Dame in ihrem Tagebuch stehen hatte!" Karl packte den Stier bei den Hörnern.

Ich gehorchte widerstrebend und erzählte, wen Levi verfolgt hatte und warum. Ich nannte auch alle Namen, die mir im Gedächtnis geblieben waren. Karl nickte nur nachdenklich und machte sich am Elektroherd zu schaffen. Der Mann war wie ausgewechselt. Von Nervosität keine Spur mehr.

„Magst du sie hart gekocht?", unterbrach Karl meinen Bericht beiläufig.

„Was?" Ich verstand ihn nicht sofort.

„*Do you like it hard-boiled?*", neckte mich Karl. Sein Englisch war nicht besonders flüssig, aber auch ich konnte mich nicht mit meinen Sprachkenntnissen brüsten – nach der Unabhängigkeit Estlands hatten wir alle mit Englisch mehr oder weniger bei Null angefangen, obwohl diese Sprache aus der Werbung und aus zahlreichen Filmen immer mehr auf uns einströmte. Jedenfalls bemerkte ich jetzt den Topf mit Eiern und gab ein Zeichen, dass ich sie etwas weicher bevorzugte.

Dann setzten wir unser Gespräch fort, und Karl klapperte weiter mit seinen Töpfen und Pfannen, hörte mir aber konzentriert zu und bemerkte schließlich:

„Jetzt müssen wir etwas konkreter werden. Mit einem gut durchdachten Aktionsplan zum Beispiel."

Ich hatte mich lange genug zurückgehalten, aber jetzt musste ich meine Zweifel loswerden.

„Glaubst du, dass Levi noch am Leben ist?" Ich versuchte,

die Frage möglichst optimistisch zu formulieren, aber Angst und Aufregung beherrschten meine Stimmung viel zu sehr. In Wirklichkeit gab es keinen Grund, warum sie Levi am Leben lassen sollten. Alle anderen Beteiligten waren ja getötet worden. Oder durch einen „tragischen Unglücksfall“ ums Leben gekommen.

„Natürlich ist sie am Leben!“, sagte Karl, als wundere er sich über meine Frage. „Es wäre doch nur eine winzig kleine Mühe gewesen, Levi zu beseitigen, meinst du nicht auch? Dazu müssen keine Männer in ihre Wohnung eindringen und sie irgendwohin verschleppen. Sie wollen etwas anderes, deshalb ist Levi noch am Leben. Die Frage ist nur – wie lange noch?“

3 Am Morgen weckte uns das Heulen eines Staubsaugers. Im Verkaufsraum fuhrwerkte die Putzfrau herum. Es war ein Krach, als würde unten gerade das Parkett frisch abgeschliffen.

Die Nacht hatte sich in die Länge gezogen, und eigentlich war jetzt noch Nacht. Acht Uhr morgens war für mich normalerweise noch so tiefe Nacht wie nur irgend möglich. Wir hatten vielleicht drei Stunden geschlafen, um bei Beginn unseres Einsatzes ein wenig erholt zu sein. Ich teilte der Schule mit, dass ich krank sei. So hatte ich wenigstens drei Tage Ruhe, um die Angelegenheit zu regeln.

Die Sache war beschlossen, der Aktionsplan war fertig. Wie viel davon etwas taugte, war eine andere Frage. Wenn es nicht anders ging, dann würde ich einen Panzer klauen und ein paar Häuser dem Erdboden gleich machen, aber Levi würde ich den Klauen dieser Typen entreißen, schwor ich mir. Mir fielen all die blöden Filme ein, in denen Rettungsaktionen mit Hilfe von Flugzeugen, Autos, Schiffen oder Tauchermasken durchgeführt wurden; gewiss verfuhren die Bonds und Cottons so, und auch Ninyas und andere superstarke Männer. Der so genannte Finalfeind war gewöhnlich auch ein starker Mann, aber trotzdem nicht so stark wie der Hauptheld.

Jetzt sollte ich mich also selbst in diese stolze Serie einreihen, aber die Sache fühlte sich keineswegs so einfach an. Wir wussten wirklich nichts, außer dass offensichtlich hinter allem Saul Simon oder jemand aus seiner näheren Umgebung steckte. Wir hatten keine Ahnung von Levis Aufenthaltsort, und auch über die Pläne ihrer Entführer wussten wir nichts. In einem Zweikampf würde ich ziemlich gut abschneiden – das hatte man mir ja beigebracht –, aber bei derart großkalibrigen Sachen konnte man allein mit Fäusten nichts Großartiges ausrichten.

Karl war schon wach und kochte Kaffee. Kaffeegeruch hatte immer einen positiven Einfluss auf mich. Und nichts ärgerte mich mehr als dünner Kaffee. Karls Kaffee war gut: ein anregendes Morgengetränk mit einem leckeren Geruch und Geschmack.

„Na, geht's los?" Das war eher eine Feststellung als eine Frage.

Ich nickte, und wir machten uns auf den Weg.

Der Plan war an sich einfach: Man würde mit Eva Simon über alles sprechen. Wenn dies nicht half, dann würden wir uns die Frau unter den Nagel reißen und nur im Austausch gegen Levi wieder herausrücken. Es klang genial. Wir hatten mehrere Varianten zur Durchführung des Plans gegeneinander abgewogen, aber keine von ihnen war gut genug gewesen. Es war keine Zeit, und man musste handeln, komme, was da wolle.

Karl fuhr den funkelnagelneuen Lieferwagen seiner Firma aus dem Hof, und schon nach ein paar Minuten bezogen wir unseren Wachposten ganz in der Nähe der Simonschen Residenz in Pirita.

Wir brauchten nicht lange zu warten. Ein Jaguar flitzte mit einer solchen Eleganz an uns vorbei, dass man vor Neid hätte erblassen können. Man sollte ein richtiger Halunke werden, dann wäre man wenigstens Autobesitzer, dachte ich.

Karl fingerte bereits an seinem Mobiltelefon herum. Ich hielt mein Ohr näher an den Hörer, und schon bald piepste es am anderen Ende:

„Hier ist die Wohnung der Simons."

Wohnung! Wenn man eine solche Villa gleichgültig als Wohnung bezeichnete, dann hätte ich als Antwort ins Telefon sagen müssen: „Und hier ist der Bauarbeiterwagen der Allans."

„Guten Morgen, verzeihen Sie bitte die frühe Störung." Karl bediente sich seiner besten Telefonstimme. „Ich belästige Sie in einer heiklen Angelegenheit, und deswegen würde ich Sie bitten, mich unter vier Augen zu treffen ..."

Karl hatte den Satz noch nicht beendet, als ihm die kühle Stimme am anderen Ende der Leitung das Wort abschnitt:

„Mit wem spreche ich?"

Auf Karls Gesicht erschien ein gepeinigter Ausdruck, und er bemühte sich, möglichst sachlich zu sagen:

„Mein Name spielt im Augenblick nicht die geringste Rolle. Entschuldigen Sie noch einmal, aber die Frage betrifft Levi Allan ..."

Auch diesmal gelang es Karl nicht, seinen sorgfältig begonnenen Satz zu beenden. Die kühle Stimme war nahezu eiskalt geworden.

„Ja, mein Mann hat mich gewarnt, dass ihre betrügerischen Freunde ihren Anteil verlangen könnten. Nehmen Sie zur Kenntnis, dass jegliche Erpressung zwecklos ist. Andernfalls finden Sie sich hinter Gittern wieder."

Karl versuchte noch, etwas zu erwidern, aber am anderen Ende wurde aufgehängt, und aus dem Telefon erklang ein durchgehender Ton.

Plan Nummer eins war also gescheitert. Aber jetzt bestand wenigstens kein Zweifel mehr daran, dass hinter dem ganzen Komplott Saul Simon persönlich steckte.

„So verhält sich das also", brummte ich, als Karl das Telefon ausschaltete. „Nicht besonders hilfsbereit, was? Die Annäherung an Frauen ist eine Kunst für sich, Karl. Um die hier zu beeindrucken, musst du dir was anderes einfallen lassen."

Um meine Sorgen zu überspielen, versuchte ich, geistreich zu sein. Karl nahm die Sache gelassen und warf einen Blick auf die Uhr.

„Verlässt diese Person eigentlich jemals das Haus? Oder laden wir sie ein?"

Plan Nummer zwei sah die Entführung von Eva Simon vor. War das sinnvoll? Sicher. Wir hatten verschiedene Varianten erörtert, und in der Nacht war uns der Plan einfach und schlau vorgekommen. Jetzt erschien er überhaupt nicht mehr leicht. Es war wenig wahrscheinlich, dass Saul Eva einfach ihrem Schicksal überlassen würde, und ich stellte mir außerdem einen bis zu den Zähnen bewaffneten Wachwauwau vor, der mit Granaten im Maul um das Haus herumkroch.

Karl wühlte in seiner Tasche und zog eine Pistole hervor.

„Woher hast du die denn?“ Ich erschrak. Das Spiel drohte, blutiger Ernst zu werden.

Karl kontrollierte ruhig die Ladung und schmunzelte.

„Du hast doch wohl nicht etwa geglaubt, dass wir sie einfach bitten können mitzukommen oder sie gewaltsam über die Straße schleifen?“

Karl hatte Recht. Ich hatte es wirklich für am besten gehalten, der Frau den Arm auf den Rücken zu drehen und sie dann diskret über die Einfahrt zum Auto zu geleiten. Eine Waffe war natürlich das bessere Druckmittel.

Karl brachte das Auto in Gang, und wir fuhren hundert Meter weiter. Ich war schon im Begriff auszusteigen, als Karl mich am Ärmel packte.

„Warte jetzt“, sagte er leise. „Setz dich ans Steuer und lass den Motor laufen, ich schließe die Seitentür auf. Halte dich bereit, sofort loszudüsen. Ja?“

„Aber du kannst doch nicht …“, begann ich, doch Karl unterbrach mich mitten im Satz:

„Ich glaube, ich weiß schon jetzt, wie ich die Sache deichseln werde. Wenn mein Plan überhaupt etwas taugt. Wie dem auch sei, lass den Gang drin!“

Und schon war er weg. Die Seitentür öffnete sich mit Gepolter, und ich setzte mich ans Steuer. Karl schritt auf das Haus zu, ein Bündel unter dem Arm und die Hand in der Tasche. Er wirkte wie ein Vertreter.

Von der Straße aus war die Tür nicht zu sehen, aber ungefähr eine Minute später tauchte Karl mit Eva im Arm zwischen den Büschen auf. Ich legte den Gang ein und löste die Handbremse. Beide machten ernste Gesichter, und man merkte, dass die Frau sich sträubte. Mein Bein begann vor Aufregung zu zucken. Würde wirklich alles glatt gehen?

Noch fünfzehn Meter. Vierzehn.

An der Straßenecke erklang das Quietschen von Reifen. Ich sah in den Rückspiegel und brüllte:

„Schneller! Sie kommen!"

Meine Warnung war völlig unnötig gewesen. Karl hatte die Autos selbst bemerkt und erstarrte regelrecht.

Ein schwarzer Mercedes blockierte die Ausfahrt. Ich blickte wiederholt in den Spiegel. Hinter uns bremste ein zweiter Mercedes. Verdammt, hatten die denn keine andere Marke?

Das Paket, das Karl unter dem Arm gehalten hatte, fiel aufs Pflaster, und leere Arzneimittelfläschchen rollten die Straße hinab. Aus der Tasche kam der Revolver zum Vorschein, den er der Frau unters Kinn drückte. Karl und Eva bewegten sich auf unseren Wagen zu.

Aus den beiden schwarzen Schlitten sprangen Vierlinge. Wenigstens sahen sie einander ausgesprochen ähnlich mit ihren Lederjacken und den Meckifrisuren, und die Gesichter ließen kein geistiges Niveau oder individuelle Züge erkennen.

„Stehen bleiben! Hände hoch!", schrie Karl äußerst nervös. „Sonst blase ich der Alten den Schädel weg!"

Es stand nicht gerade günstig für uns, aber trotzdem erstaunte mich Karls Wortwahl. Benahm sich so ein Gentleman? Die Igelköpfe blieben stehen, und einer von ihnen rief:

„Ruhig Blut, wir tun Ihnen nichts!"

„Natürlich tun Sie nichts", presste Karl zwischen den Zähnen hervor. „Wir setzen uns ins Auto, fahren los, und ihr bleibt hier. Wer uns folgt, wird abgeknallt." Zur Bekräftigung seiner Worte drückte er der Frau den Revolver fester unters Kinn, so dass diese ein klägliches Wimmern von sich gab.

„Warten Sie, das ist alles nicht nötig!", rief der Igelkopf, der als Letzter das Wort geführt hatte. Offensichtlich war er länger als die anderen zur Schule gegangen – immerhin hatte er Sprechen gelernt. Die anderen glotzten albern in der Gegend herum. Mein Bein begann wieder zu zittern. Worauf wartete Karl noch! Wenn wir überhaupt von hier loskommen wollten, mussten wir uns beeilen. Aber der Wortführer war noch nicht fertig.

„Wir haben einen Brief für Sie“, verkündete der Igelkopf triumphierend. Der Wortführer war bestimmt auch der Briefträger. Tatsächlich erschien in der ausgestreckten Hand des Mannes ein weiß schimmernder Umschlag.

„Aber ich habe einen Revolver“, hörte ich Karl antworten, während er sich langsam auf das Auto zu bewegte.

„Ich gebe den Brief dem Fahrer, Sie sehen meine Hände.“ Der Quadratschädel näherte sich mir wie ein Schlafwandler. „Dann klärt sich die Situation von selbst. Ich bitte Sie, tun Sie nichts Unüberlegtes. Wir wollen Ihnen nichts tun, aber zwingen Sie uns nicht dazu.“

Karl stand bereits zwischen dem Lieferwagen und Eva Simon und bedeutete mir mit den Augen, den Brief in Empfang zu nehmen. Die Übergabe verlief reibungslos, und der Igelkopf trat sofort zurück, ohne die Hände herabzunehmen. Ich warf einen Blick auf den Umschlag. Dort stand mein Name. Levis Handschrift! Ich machte den Umschlag auf, überflog den Inhalt und fragte:

„Woher sollen wir wissen, dass das kein Bluff ist? Und wie kommen wir von hier weg?“

Karl sah mich überrascht an, aber da wurde das Auto, das den Weg blockierte, auch schon nach hinten weggefahren. Der Weg war frei.

„Karl, setz dich hin, aber halt die Frau in Schach!“, befahl ich. Karl kapierte immer noch nichts. „Das ist ein Brief von Levi.“ Ich wandte mich den Männern zu. „Wir fahren auf den Vabaduse väljak. Eine falsche Bewegung, und ihr bekommt die Frau als Leiche zurück. Auf dem Vabaduse väljak lassen wir sie raus.“

Karl wartete die Reaktion der Männer nicht mehr ab, schloss

Eva Simon ins Auto ein und kletterte selbst hinterher. Ich bretterte los in Richtung Pirita tee und Narva maantee. Ein schwarzer Mercedes heftete sich an unsere Fersen.

„Jungs", bemerkte die Frau, die ihr Selbstbewusstsein wieder gewonnen hatte. „Ihr glaubt doch nicht etwa, dass ihr damit durchkommt? Das werdet ihr noch bereuen!"

Evas merkwürdiges Pathos reizte zum Lachen.

„Machen Sie das mit Ihrem Mann aus", sagte Karl trocken. Ich reichte ihm den Brief. Karl überflog ihn rasch und brummte:

„Ach so. Na ja, wir werden schon sehen."

Frau Simon bestand nach wie vor auf ihre Rechte, ihre Freiheit und noch etwas, aber Karl und ich waren viel zu sehr mit unseren eigenen Gedanken beschäftigt, und so fand Evas Monolog keine dankbaren Zuhörer.

Der Brief war tatsächlich von Levi. Ungefähr eine halbe Seite handschriftlicher Text, in dem sie uns ans Herz legte, nichts zu unternehmen. Bei ihr sei alles in Ordnung, man warte auf die Lösung irgendeiner Angelegenheit, und bis dahin müsse sie sich an einem sicheren Ort versteckt halten. Sollten wir aber vorhaben, etwas zu unternehmen, dann werde sie zu Schaden kommen. Ich fluchte in Gedanken – was hieß hier zu Schaden kommen? Nichts anderes, als dass man sie abmurksen würde!

Wir waren auf dem Vabaduse väljak angekommen, und zu unserer Freude sahen wir dort ein Polizeiauto stehen. Ich parkte unseren Wagen direkt dahinter. Hinter uns hielt der schwarze Mercedes, aus dem der Igelkopf ruhig bis zum Lieferwagen spazierte und Eva Simon galant heraushalf.

Ich spähte in den Rückspiegel, bis das Pärchen ins Auto gestiegen war, und warf dann wieder einen Blick auf das Polizeiauto. Von dort näherte sich uns ein aufgeweckter Schutzmann. Ich kurbelte das Fenster herunter, und bevor der Polizist irgendetwas sagen konnte, fragte ich mit vollkommen unschuldiger Miene, wie man von hier zur nächsten Autowerkstatt komme.

Der Polizist war angenehm weitschweifig. „Hier dürfen Sie nicht stehen bleiben", verkündete er und fuchtelte mit seiner

Kelle. „Am besten fahren Sie hier die Kaarli puiestee hoch, dann biegen Sie links in die Tõnismägi und folgen ein paar Kilometer der Pärnu maantee. Dort ist dann auf der rechten Seite eine Werkstatt."

Ich blickte dem Mercedes hinterher, der sich von uns entfernte, und zog das Gespräch noch ein wenig in die Länge:

„Aber wir müssen doch jetzt nicht etwa eine Buße bezahlen? Wir haben gesehen, dass hier die Polizei steht, und darum haben wir gedacht, dass wir hier besonders gut fragen können", spielte ich weiter den glücklosen Autofahrer. Besonders groß war mein derzeitiges Glück wirklich nicht, so dass mir die Rolle großartig gelang.

Der Polizist sonnte sich im Gefühl seiner Wichtigkeit, winkte beruhigend mit der Hand, und wir setzten unsere Fahrt fort, nachdem wir uns bedankt hatten.

Kurze Zeit später gelang es uns, einen ordentlichen Parkplatz zu finden, und wir gingen vor Anker, um uns kurz zu beraten.

„Was machen wir jetzt bloß?" Auch Karl war ratlos. „Bitte wartet noch ein paar Tage, dann bin ich wieder zurück und erzähle alles persönlich", zitierte er aus dem Brief und sah mich erwartungsvoll an.

„Es ist klar, dass sie sich dort nicht freiwillig aufhält", stellte ich nachdenklich fest. „Tatsächlich nützt uns der Brief nur insofern, als dass er zeigt, dass man von uns weiß und es keinen Sinn hat, etwas zu unternehmen. Es bringt nichts, mit der Polizei zu reden – es gibt nicht mehr Beweise als diesen Brief, und wenn wir ihn der Polizei zeigen, dann verliert Levi mit großer Wahrscheinlichkeit ihr Leben."

„Wie wäre es, wenn wir noch einmal in Levis Wohnung gingen?", schlug ich schließlich vor. „Wir trinken Kaffee, sehen uns um … Und vielleicht stoßen wir auf etwas."

Also parkten wir etwas später das Auto vor Levis Haus. Sollte es dort ein wenig stehen bleiben und auf uns und auf den traurigen Hausmeister warten.

Die Tür zu Levis Wohnung öffnete sich geräuschlos, und man

sah sofort, dass die Wohnung durchsucht worden war. Das ließ immerhin hoffen, dass man hier nicht mehr mit uns rechnete und wir uns folglich ungestört unterhalten konnten. Das Telefon und der Anrufbeantworter waren vollständig entfernt worden. Diese Tatsache störte ein wenig, aber sie war nicht wesentlich – am wichtigsten war es nachzudenken.

Ich ließ Kaffee durchlaufen, und wir setzten uns direkt daneben auf die Küchenhocker. Zwei ratlose Männer in einer fremden Wohnung.

„Haben wir das gesamte Material diesem Pseudopolizisten gegeben?", durchbrach Karl das Schweigen.

„Außer dem Brief", antwortete ich. Ich nahm das Papierstück wieder in die Hand.

Liebe Jungs,

ich bin außer Gefahr. Tut also nichts Unüberlegtes. Alex, denk mehr an deine Helden bei Hemingway und mach dir keine Sorgen. Das Leben hier ist wirklich hemingwayisch. In meiner Unterkunft ist so viel Lesestoff, dass ich nicht klagen kann. Ich warte hier auf die Aufklärung einer Sache, dann ist alles wieder in Ordnung. Ich möchte nicht wegen einer Unüberlegtheit von euch zu Schaden kommen. Bitte wartet noch ein paar Tage, dann bin ich wieder zurück und erzähle alles persönlich. Bis dahin wünsche ich frohe Funde in der Welt der Literatur, und Alex, richte dein Augenmerk auf die Männergestalten bei Ernest.
Karl, ich küsse dich,

eure Levi

Der Brief war offensichtlich in Eile geschrieben. Im ersten Studienjahr hatte ich tatsächlich mit dem Selbstbewusstsein eines Achtzehnjährigen eine Hausarbeit über die Männergestalten bei Hemingway geschrieben, für die ich ein „schwach ausreichend" bekommen hatte. Auch Levi hatte über meine Arbeit gelacht, denn sie hielt die Männergestalten bei Hemingway für impotente, geschlechtskranke, versoffene und allgemein schwächliche Gesellen. Levis Ansicht nach spielten deren kranke Seelen zwar tatsächlich eine wichtige Rolle im Werk Hemingways, aber für ihren arroganten Unterton und die unreflektierte Kritik habe meine Arbeit verdientermaßen eine vernichtende Zensur erhalten. Das Thema der Hausarbeit war natürlich nicht die Beurteilung des psychischen Gesundheitszustandes der Helden gewesen, doch hatte ich mich bei der Analyse der Romane genau darauf konzentriert.

Es war mir immer noch peinlich, dass Levi mich von Zeit zu Zeit mit dieser verunglückten Hausarbeit aufzog.

„Durch ihre Detektivarbeit hat sie sich von der Literatur wirklich weit entfernt", bemerkte ich giftig. Jede literarische Anspielung verärgerte mich. Besonders dann, wenn ich sie nicht verstand.

„Sie nutzt immer meine nächtlichen Besuche, um mir Vorträge zu halten", widersprach Karl. „Meiner Meinung nach lässt ihr die Arbeit Zeit genug, um sich mit Literatur zu beschäftigen. Wenigstens hält sie sich bei den Neuerscheinungen ganz gut auf dem Laufenden."

Ich las den Brief noch einmal.

Und dann begann es bei mir zu dämmern. Oh, ich verdammter Idiot! Ich Riesenvollidiot!

„Ich bin ein Idiot!", rief ich fröhlich.

Karl betrachtete mich daraufhin lange und schloss sich dann offensichtlich meiner Meinung an.

„Levi weiß haargenau, womit ich mich beschäftigt habe. Ebenso gut kannte sie auch meine Hausarbeit", versuchte ich Karl kurz meine Entdeckung zu erklären. Ich gab ihm einen kurzen Überblick über meine damalige Hausarbeit und fuhr fort: „Das sind keine Anspielungen für Eingeweihte, was sie da schreibt. Sie schreibt absichtlich Unsinn, aber warum?"

Ich stand auf und lief in der Küche auf und ab. Ich schaltete die Kaffeemaschine aus und goss Kaffee in die Tassen. Der Kaffee wirkte stimulierend, was mir half, meine Gedanken zu sortieren. Was für Männer bei Ernest? Warum, warum?

„Vielleicht will sie sagen, dass sie krank ist?“, schlug Karl seine Variante vor.

„Nein“, unterbrach ich ihn entschlossen, „das hätte sie auch direkt schreiben können: ‚Ich kuriere mich und bin bald wieder gesund.‘ Es hätte keinen Sinn gehabt, darüber Witze zu machen.“

Ich dachte nach. Karls Gegenwart ignorierte ich vollständig.

Okay, Levi war bei Simon. Was wussten wir über ihn? Simon war ein Geschäftshai, offenbar ein Gangster und ein Millionär. Was noch? Ein Mann!

„Simon ist ein Mann!“, verkündete ich triumphierend, und diese Behauptung bestätigte Karl, dass ich ein Idiot sein musste.

Er sah mich besorgt an: „Ich auch. Na und?“

Jetzt begann ein Bild bei mir emporzudämmern. Wollte Levi sagen, dass Saul Simon impotent war? Oder psychisch krank? Selbstmord? Was noch?

„Es muss im Zusammenhang mit Saul Simon stehen!“, überlegte ich. Karl nickte abwartend. „Levi ist in hemingwayischer Gesellschaft – offensichtlich ist Saul krank. Oder Alkoholiker. Aber was hat das damit zu tun? Das hier ist nicht logisch“, entrüstete ich mich.

„Vielleicht wartet Levi auf Sauls Tod?“ Karl machte einen zaghaften Versuch, eine Lösung zu finden.

„Und Levi leistet Saul bis dahin Gesellschaft? Und trinkt zusammen mit dem Mann Schnaps auf der Bettkante?“, sagte ich ironisch, und Karl war beleidigt.

„Woher soll ich eure Literatur kennen? Die Lektüre eines Arztes unterscheidet sich von eurer ein wenig!“, platzte er wütend heraus und presste trotzig die Lippen zusammen.

„Welche Krankheit führt so rasch ins Grab, dass man innerhalb weniger Tage das Ende erwarten kann?“, fragte ich versöhnlich.

„Krebs, wenn er weit genug fortgeschritten ist“, rang sich Karl ab. „Aber vielleicht ist es auch etwas ganz anderes.“

„Gut", fuhr ich fort. „Nehmen wir an, dass Saul an einer Krankheit leidet, die ihn in der nächsten Zeit ins Grab bringt. Aber was dann? Er hält ja Levi nicht wegen seiner Krankheit fest. Levi ist deshalb dort, weil sie das eine oder andere von den Morden weiß. Und warum ist sie dort, warum hat man sie nicht aus dem Weg geräumt?"

„Woher weißt du, dass man das nicht getan hat?", überrumpelten mich Karls Worte schmerzlich. Ich suchte nach einer positiven Antwort, und kurz darauf hatte ich sie.

„Darauf hätte Levi in ihrem Brief hingewiesen", sagte ich leichthin. Und ich fügte noch mit scheinbarer Gleichgültigkeit hinzu: „Wir kommen sowieso nicht auf die Lösung. Wir haben eine Richtung, aber das nützt uns nichts."

In Karl erwachte wieder der Organisator. Das augenblickliche Gekränktsein hatte offenbar einen guten Einfluss auf ihn gehabt, denn er packte den Stier wieder bei den Hörnern. Sein Plan war einfach, aber – wie so oft bei einfachen Dingen – höchst vernünftig.

Wir mussten eine Unterredung mit Saul herbeiführen. Zuerst schien es gewiss so, dass ein so schöner Plan nicht anders als mit dem Tod enden konnte, aber als Karl ruhig und logisch seine Gedanken weiterspann, schien es, dass daraus etwas werden könne. Wichtig war nur, Saul zu finden und sich ruhig mit ihm zu unterhalten – vielleicht war unsere Sorge tatsächlich völlig unbegründet, und der Mann konnte uns alles erklären. Natürlich nur, falls er uns nicht sofort umlegen ließ.

4

Ich rüttelte wieder über die löchrigen Straßen und ausgeleierten Straßenbahnschienen meiner Heimatstadt. Die ausländischen Investitionen, die nach Estland geströmt kamen, landeten gewiss zum größten Teil in Tallinn, aber oft genug flossen sie eher in den Bau von Bankenhochhäusern und riesigen Einkaufszentren als in die städtische Infrastruktur.

Der Schnurrbart und die Augenbrauen schmerzten ein bisschen, und die Perücke drohte zu verrutschen, aber ansonsten gefiel ich mir. Der Leiter der Literaturabteilung des Stadttheaters war einer meiner Studienkollegen, der schon während des Studiums eher zum Drama tendiert hatte und dessen Theaterleidenschaft zum Ziel des allgemeinen Spottes geworden war. Er war ein Sonderling, der sich manchmal wie eine literarische Figur schminkte, und es war nicht selten vorgekommen, dass er in einer Vorlesung als Husar, Dandy oder als noch jemand anderes erschienen war. Ich hatte ihn im Theater aufgesucht und ihm etwas von einer überaus speziellen Forschungsarbeit erzählt, für die ich mich dringend in jemand Älteres und Seriöses verwandeln müsse. Das alles interessierte den Theaterfreund überhaupt nicht, sondern er tauchte sofort begeistert in seinen Requisitenfundus ein, holte mir von dort unter triumphierendem Gelächter allerhand Kram hervor und legte ihn mir in den Schoß.

Es war kompliziert genug, ihm klar zu machen, dass ich weder einen Bart wie Tolstoj noch eine Perücke wie Mozart haben wollte, sondern dass alles natürlich und unauffällig auszusehen hatte. Schließlich musste sich mein Freund mit meiner Auswahl zufrieden geben, aber er steckte mir für alle Fälle noch eine künstliche Nase in die Tasche. Er half mir auch mit dem allergrößten Vergnügen, alle notwendigen Gegenstände festzukleben, und schließlich lachte er in sich hinein, als er sein Werk betrachtete.

Karl war losgezogen, um einen Freund zu suchen, von dem er Hilfe erhoffte, und ich sollte auf ihn warten. Von den Daten, die Levi gesammelt hatte, war mir der Ort im Gedächtnis geblieben, an dem Saul Simon zu Mittag aß.

5

Die großen Glasscheiben des Restaurants *Palace* blitzten vor Sauberkeit. Ich parkte das Auto mit einem gewissen Abstand und spazierte majestätisch auf das Restaurant zu. Im Spiegel des Foyers warf ich noch einen abschätzenden Blick auf mein Äußeres, und ich musste zugeben, dass ich mir als älterer Mann wesentlich besser gefiel als mit meinem üblichen Aussehen. Die Perücke mit den grauen Fäden im dunklen Haar und der Theateranzug verliehen mir eine Solidität, die ich ansonsten nie erreicht hätte. Das *Palace* war genau der richtige Ort für meine jetzige Erscheinung.

Ich setzte mich vergnügt ans Fenster und genoss die ausgesuchte Höflichkeit des Kellners.

„Was kann ich dem Herrn bringen?" Ein dienstbeflissener junger Mann verneigte sich neben meinem Tisch.

„Ich möchte eine Tasse Kaffee und eine aktuelle Zeitung", gab ich huldvoll von mir. Ehrlich gesagt hatte ich gar nicht mehr genug Geld für etwas anderes, aber meinem Äußeren war das gewiss nicht anzumerken.

Der Kaffee erschien blitzschnell. Gleichzeitig wurde auch der Zeitungsständer herangeschoben, aus dem ich das mir Genehme auswählen konnte. Warum konnte mein Leben nicht auch sonst darin bestehen, kleine Dienstleistungen zu genießen, die mir das Leben angenehmer machten, überlegte ich, als ich den Kaffee bezahlte. Würde ich neben meinem eigentlichen Lehrerberuf ins Ölgeschäft einsteigen, könnte ich reich werden …

Ich versank in meinen rosaroten Träumen und hätte beinahe den Mercedes übersehen, der vor dem Restaurant angerollt kam. Ich zuckte vor Schreck zusammen, aber dann fiel mir mein verändertes Äußeres ein, und ich sank wieder gegen meine Rückenlehne. Am Steuer des Wagens saß einer der mir schon bekannten Quadratschädel und kaute Kaugummi. Anscheinend hatte er nicht vor, das Restaurant zu betreten, sondern den schönen Tag und vor allem sich selbst am Steuer des stolzen Autos zu genießen. Tatsächlich, von den vorübergehenden Frauen warf so manche einen sehnsüchtigen Blick auf den Mercedes. Ich vermutete freilich, dass das Objekt der Bewunderung eher das Auto war als der Mann.

Ich spähte in Richtung des Simonschen Hauptquartiers. Von dort war niemand im Anmarsch. Blitzschnell legte ich mir einen Plan zurecht, der rasch in die Tat umgesetzt werden musste. Ich ließ den Kaffee halb unausgetrunken und stand auf.

„Hoffentlich war der Kaffee gut?" Der Kellner hatte sich so

tief verbeugt, dass unsere Köpfe beinahe zusammengestoßen wären.

„Ja“, murmelte ich. „Ich habe nur, äh … ein Magengeschwür“, schloss ich rasch, um den aufdringlichen Kerl loszuwerden. Aber das sollte mir nicht so leicht gelingen. Ich warf einen Blick durch das Fenster. Der Mercedes stand immer noch an derselben Stelle, ebenso sein Fahrer.

„Oh, aber in diesem Fall haben wir eine große Auswahl a-a-außerordentlich gesunder Speisen und Getränke“, scharwenzelte der Mann immer noch um mich herum. Als er schließlich merkte, dass ich nicht vorhatte, länger bei seinen a-a-außerordentlich gesunden Speisen zu verharren, fügte er mit leicht säuerlichem Gesicht hinzu: „Wir hoffen, dass Sie uns bald wieder beehren. Sie dürften in ganz Tallinn kaum eine bessere Speisekarte finden. Willkommen!“, rief er mir noch von der Tür aus hinterher. Sah ich wirklich so gut aus, dass man mich unbedingt als Kunden anwerben wollte? Normalerweise musste ich darum betteln, dass man mich in ein feineres Lokal überhaupt hineinließ.

Ich holte tief Luft und steuerte auf das Auto zu. Ich sah mich verstohlen um. Der Ober war in der Tür verschwunden, und am Fenster des Restaurants saß niemand. Auch die Straße war leer genug, abgesehen von einem sich küssenden Pärchen und ein paar versprengten Touristen, die die Schaufenster betrachteten. Die Autos fuhren zwar in einem ununterbrochenen Strom vorbei, aber die Fahrer hatten genug damit zu tun, auf den immer mörderischer werdenden Hauptstadtverkehr zu achten, so dass sie kaum genug Zeit hatten, ihre Augen auf den Gehsteig zu richten.

Obwohl dort etwas geschah.

6

„Bist du jetzt völlig übergeschnappt?!“, zischte Karl, als ich den Quadratschädel in das Zimmer zerrte.

Ich ließ mich nicht irritieren, sondern stieß den Mann zum Sofa hin und ließ ihn dort hineinfallen.

„Wie heißt du?“, fragte ich den Mann.

Er gab keine Antwort, sondern starrte zornig vor sich hin.

„Willst du, dass wir dich Elisabeth nennen?“, setzte ich meine freundliche Unterhaltung fort. Karl hielt seinen Kopf zwischen den Händen und tippte sich mit dem Finger an die Stirn. So viel Zeichensprache verstand auch ich.

„Henri“, stieß der Igelkopf zwischen seinen geschwollenen Lippen hervor. Ich fühlte mich großartig. Es schien mir, dass die Lösung bereits zum Greifen nahe war und dass es nicht mehr lange dauern würde, bis wir Levi irgendwo abholen konnten.

Außerdem war ich in einem tollen Auto quer durch die Stadt kutschiert, das sich wunderbar fahren ließ. Eigentlich hätte ich für die Werbung mit dem Auto auch Geld verlangen können, aber das Bild wurde durch den auf dem Beifahrersitz herumliegenden Quadratschädel Henri gestört.

Vor dem Restaurant war ich an die solide Fahrertür herangetreten und hatte an das Fenster geklopft. Henri ließ entgegenkommend das Fenster heruntergleiten und sah mich fragend an.

„Entschuldigen Sie, wo ist bitte der nächste Taxistand?“, fragte ich mit leicht verstellter Stimme.

Der Mann beugte sich vor und wies mit der Hand die Richtung. Das hatte ich gebraucht. Ich versetzte ihm einen Schlag gegen die Schläfe, so dass er keinen Mucks von sich geben konnte und auf den Beifahrersitz sank.

Ich überprüfte rasch die Umgebung. Die jungen Leute küssten sich immer noch, nur die Hände auf dem Rücken des jeweils anderen waren noch ein wenig weiter hinuntergerutscht. Die wenigen Touristen flanierten friedlich an den Schaufenstern entlang, und die Autos, Busse und Lastwagen zogen in einem ununterbrochenen Strom vorbei.

Mein Herz klopfte. Ich öffnete die Fahrertür und schob den Kerl zur Seite. Ich suchte etwas, womit ich den Mann fesseln konnte, und bemerkte auf dem Rücksitz seine Jacke. Mit ihren Ärmeln band ich die Hände des Igelkopfes zusammen und sah zu, dass ich wegkam.

Ich steuerte Karls konspirative Wohnung an. Als ich an einer

Ampel bremste, begann der Quadratschädel Lebenszeichen von sich zu geben. Er richtete seine trüben Augen auf mich, und ich musste ihn mit einem weiteren Schlag beglücken. Von diesem waren seine Lippen jetzt ein bisschen geschwollen. Das eine Mal war offenbar noch nicht genug für ihn gewesen, erst nach dem zweiten Faustschlag schloss er gehorsam die Augen.

Wir saßen jetzt zu viert ins Karls Wohnung, und ich hatte den Plan, Henri ein bisschen zuzusetzen. Der Vierte im Bunde war Karls groß gewachsener und metzgerähnlicher Freund. Er hatte gewaltige Pranken, groß wie Klodeckel, die ruhig auf den Armlehnen des Sessels ruhten.

„Was hast du jetzt schon wieder angestellt?", fragte Karl. „Willst du, dass Levi garantiert abgemurkst wird?"

„Beruhige dich!", ermahnte ich Karl. „Der hier hat keine Kommunikationsmittel, kein Telefon, keinen Sender, gar nichts. Warum hast du dort vor dem Restaurant Wache geschoben?", wandte ich mich an Henri.

Der Mann wirkte, als ob er sich irgendeine Lüge ausdachte, deswegen schnauzte ich ihn an:

„Fang jetzt bloß nicht an, uns irgendwelchen Quatsch aufzutischen! Auf wen hast du gewartet?"

„Habe auf nieband gebartet", brummte der Mann in seinen Bart. „Wenn bir keinen Autrag haben, sind bir dort."

Die Lippen des Mannes hatten offensichtlich einiges abbekommen. Die Aussprache mancher Konsonanten bereitete ihm Probleme.

„Lüg nicht!", brüllte ich möglichst laut und hob die Faust. Karl und sein Freund zuckten zusammen – ich hatte nicht vorgehabt, sie zu erschrecken.

Der Mann namens Henri zog den Kopf zwischen die Schultern und jammerte:

„Ich lüg nich!" Und er fügte trotzig hinzu: „Passt nur auf, die finden euch hier!"

„Sieh mal, Henri", zischte ich dem Mann ins Gesicht, „wenn du uns hier irgendwas vormachst, dann ist dort ein Arzt", und ich deutete in Karls Richtung, „der dir die Eier so geschickt abschneidet, dass du es erst mitkriegst, wenn du plötzlich mit Fistelstimme redest."

Die Drohung schien zu wirken, denn der Mann wurde bleich, und sein Blick glitt unwillkürlich in die angezeigte Richtung. Ich goss weiter Öl ins Feuer, indem ich versprach, lauter grässliche Dinge mit ihm anzustellen. Mein gesamtes Repertoire stammte aus irgendwelchen primitiven Hollywood-Thrillern; ohne ihr wertvolles Vorbild wäre mir bestimmt die Phantasie ausgegangen.

„Wo ist Levi?", schrie ich ihn schließlich an, nachdem ich sogar selbst von meiner Schrecklichkeit überzeugt war. Wenn ich den erschrockenen Blicken von Karl und seinem Freund Glauben schenken durfte, dann hatten sie bestimmt die ganze Vorstellung für bare Münze genommen.

„Kei… keine Ahnung", murmelte der Quadratschädel unter Schmerzen und sah uns flehend an. Ich ließ mich nicht erweichen.

„Hol dein Operationsbesteck!", wandte ich mich kalt an Karl. Dieser begriff rasch, ging sofort hinaus und kam mit seiner Gerätetasche wieder. Dann begann er mit dramatischer Langsamkeit auszupacken. Meiner Meinung nach passte das alles nicht für eine solche Operation, denn er förderte Pferdespritzen, Schädelbohrer und Knochensägen zu Tage, aber die Wirkung war umso größer. Als Karl schließlich ein Skalpell herausholte und es gegen das Licht hielt, traten Schweißperlen auf Henris Stirn, und er brummelte rasch:

„Okay, okay, ich rede." Der Mann machte eine Pause. Er musste eindeutig die Wahl zwischen zwei Übeln treffen, aber unser Angebot war zu unserem Glück präsenter. Also begann er, langsam zu erzählen, wobei er seine gespaltene Lippe leckte.

„Ihr kriegt ihn nicht", teilte er uns zuerst mit. Wir würden Saul also nicht erwischen. Weiter wurde klar, dass Levi außerhalb der Stadt in Richtung Osten in einem alten Lagerhaus gefangen gehalten wurde, das Saul Simon irgendwann gekauft hatte, aber nicht als Lagerhaus benutzte, sondern zum Freizeitheim für seine Firma hatte umbauen lassen. Mit Sauna, Tennisplatz, Schießstand und was nicht noch allem. Im ersten Stock waren sogar Ferienzimmer, und im Grunde konnte man dort leben wie in einem Hotel. Was manche männlichen Angestellten der Firma auch getan hatten – so genannte stille Zusammenkünfte. Für diesen Zweck war dort sogar ein so genanntes Dienstmädchen angestellt, und zwar nicht mit Sauls Erlaubnis, sondern auf das Betreiben der Sicherheitsangestellten, also der Quadratschädelgesellschaft. Als die Erzählung an diesem Punkt angelangt war, erschien auf Henris Mund ein genießerisches Lächeln, was darauf schließen ließ, dass die Ferienzimmer auch ihm nicht ganz fremd waren.

„Übernachtet auch Saul Simon manchmal dort?", fragte ich, weil der Mann still wurde und in seinen Erinnerungen zu schwelgen schien.

„Nein, er hat bas anners", brummte er undeutlich als Antwort.

Aha, Saul hatte etwas anderes. Wenn er ein so ordentlicher Ehemann war, wie Levi in ihrem Beobachtungstagebuch unterstrich, warum musste er dann „bas anners" aufsuchen? Aber nun gut. Wir gaben Henri ein Zeichen fortzusetzen.

Wir bekamen zu hören, dass man Levi tatsächlich viel Lesestoff gebracht hatte und dass ihr Leben dort überhaupt eine einzige Freude war. Irgendein Johan trug persönlich die Verantwortung dafür, dass es Levi an nichts mangelte. Nur hinaus konnte sie nicht, das war ihr natürlich nicht erlaubt.

„Wird sie bewacht?" Ich stellte die entscheidenden Fragen.

Ja, man bewachte sie, und zwar sorgfältig. Der erste Stock des halben Ferienheims war wegen angeblicher Renovierungsarbeiten geschlossen, und es wurde niemand mit Ausnahme der Wachen vorgelassen. Ein Mann saß in Levis Vorzimmer, das lediglich durch eine Türöffnung abgetrennt war, deren Tür entfernt worden war. Auf dem Flur hielt ein zweiter Kerl mit einer Maschinenpistole Wache. Als Dritten gab es noch einen Verbindungsmann in einem Zimmer im zweiten Stock, wo gleichzeitig

Waffen und alle möglichen anderen Scherzartikel aufbewahrt wurden. Die Männer konnten zwar ab und zu hinausgehen, aber nicht länger als eine Viertelstunde, und während dieser Zeit wurden sie gewöhnlich durch einen Stellvertreter ersetzt, der unten an der Bar arbeitete.

Alles wurde immer verrückter. Levi wurde nicht abgemurkst, sondern in einem Hotel umsorgt – was für einen Sinn hatte das? Was wollte Saul von ihr? Levi war gewiss eine hübsche junge Frau, aber zu einem „Dienstmädchen“ hätte man sie unmöglich machen können.

„Warum wird sie festgehalten?“, fragte ich Henri.

„Keine Ahnung, begen irgendbas, bas sie geschrieben hat“, antwortete der Mensch rasch.

„Hör mal her, Miller! Fangen wir jetzt schon wieder an? Rede nur schön weiter!“ Diesmal schlug ich einen freundschaftlichen Ton an.

„Ehrlich, behr beiß ich nicht“, kam die Antwort gleich schnell wie vorher.

Ich wollte mir gerade eine neue Taktik zurechtlegen, als zu meiner großen Überraschung Karls Freund aufstand, der bis jetzt schweigend der Verhandlung gefolgt war, und ein paar Schritte auf den Quadratschädel zuging. Im Zimmer herrschte Totenstille. Henris ängstlicher Atem wurde hörbar. Der Freund mit den großen Pranken griff mit einer seiner riesigen Hände nach einem winzig klein wirkenden Skalpell und trat noch näher auf den Igelkopf zu. Dann blieb er stehen und murmelte, wobei er Karl einen wahnsinnigen Blick zuwarf: „Ich habe noch nie eine solche Operation gemacht, aber ich habe es schon immer einmal ausprobieren wollen, nicht wahr?“

Ich hatte Henri doch nur erschrecken wollen! Hatte dieser Wahnsinnige das alles für bare Münze genommen? Wo hatte Karl so jemanden aufgetrieben, das war ja das reinste Monster!

Dieselben Gedanken kamen offenbar auch unserem armen Opfer. Er versuchte, sich durch das Sofa hindurchzudrücken, und als es ihm nicht gelang, begann er zu winseln:

„Ich beiß birklich nichts, um Gottes willen!“ Der letzte Schrei kam davon, dass der Riese mit dem Skalpell seinen Hosenknopf beseitigt hatte. Der Artikulation kam dies jedenfalls zu Gute, „willen“ war bereits ein vollkommen verständliches Wort. „Ich sage alles, lasst mich bitte!“

Der Mann schwebte in Todesangst, weil Karls Freund wie ein hirnloser Sadist wirkte. Natürlich konnten wir nicht zulassen, dass die Sache in ein Blutvergießen ausartete, aber Henri begann schon zu sprechen.

„Ich weiß nicht“, fing der Mann langsam an, aber als der Schlächter ihm einen wahnsinnigen Blick zugeworfen hatte, fuhr er rasch fort: „Man hat uns gesagt, dass wir sie dort gut bewachen müssen.“ Weiter wurde deutlich, dass Saul ihnen befohlen hatte, die Journalistin – Levi – zu bewachen, da sie vorgehabt habe, zu früh Details über einen Geschäftsvertrag auszuplaudern. Und Sauls Wort war Gesetz, Fragen wurden keine vorgebracht.

Der Mann war so verängstigt, dass es jetzt schwer war, ihn zum Schweigen zu bringen. Ich glaubte jedenfalls, dass Henri nicht mehr log, denn es hatte keinen Sinn, einer Figur wie Karls Freund ein X für ein U vorzumachen. Also erzählte Henri lange von dem Haus und darüber, was Levi las und aß, und dass Levi sogar unter der Überwachung eines Arztes stand, der sie jeden Tag untersuchte.

„Was fehlt ihr denn?“, unterbrach Karl jäh den Redestrom des Mannes. Wir hielten inne und sahen den Igelkopf fragend an.

„Gar nichts fehlt ihr!“, teilte Henri rasch und überraschend deutlich mit. Offenbar hatte er verstanden, dass uns Männer mit einer raschen Redeweise gefielen. „Der Arzt hat gesagt, dass es nur prophylaktisch ist, und Saul hat es angeordnet.“

Das wurde ja immer doller! Jetzt fehlten bloß noch Striptease und Bäder in Eselsmilch! Warum wurde sie so verwöhnt?

Jedenfalls musste man Levi dort rausholen, bevor der Arzt anfing, mit ihr irgendwelche Abscheulichkeiten zu veranstalten – womöglich würde er versuchen, die Niere eines gesunden Menschen zu entfernen oder etwas noch Verrückteres anzustellen.

Wir mussten einen Plan machen.

Wir fesselten Henri im Nebenzimmer und steckten ihm einen Knebel zwischen seine geschwollenen Lippen.

7 „Ich hatte noch keine Zeit, euch miteinander bekannt zu machen“, sagte Karl, als wir wieder um den Tisch herum saßen. „Mein Kommilitone und guter Freund Fred, Chefarzt der Psychiatrie.“

Fred lachte mir offenherzig über den Tisch entgegen; von dem Monster war keine Spur mehr zu sehen.

„Wenn du jeden Tag mit Wahnsinnigen zu tun hast, dann bleibt immer ein wenig bei dir hängen“, lachte der Mann und hüpfte mit dem Skalpell in der Hand herum. „Das habe ich gut hingekriegt, was?“

Ich bemerkte mit Erleichterung, dass er seine Rolle nur gut gespielt hatte, denn ehrlich gesagt konnte ich mir nicht vorstellen, wie wir einen solchen Koloss hätten zurückhalten können, wenn er sich wirklich in den Kopf gesetzt hätte, Henri in einzelne Stücke zu zerschneiden.

„Hör mal, du Westler“, wandte sich Fred jetzt etwas sachlicher mir zu. Mein solides Aussehen hatte kaum Schaden genommen, und ich sah wirklich aus wie ein Amerikaner. „Karl hat mir einen kurzen Überblick über die Situation verschafft, und während ich hier der Geschichte dieses Quadratschädels gelauscht habe, habe ich den Eindruck gewonnen, dass es keineswegs ein unmögliches Unterfangen sein dürfte, Levi von dort zu befreien.“

Wir betrachteten den Mann abwartend. Was mich betraf, so hielt ich es für völlig unmöglich, jemanden aus dieser Festung herauszubekommen. Aber da die ganze Geschichte sowieso verrückt war, bestand immer noch die Hoffnung, dass Fred, der den Umgang mit Wahnsinnigen gewohnt war, wirklich eine Lösung für die Angelegenheit finden würde.

„Bist du bereit, dich für eine Weile in einen Ameisenhaufen zu setzen, wenn du damit deine Schwester rettest?“, fragte Fred und blickte mir direkt in die Augen.

In Bezug auf Fred konnte ich keinen Standpunkt beziehen: einerseits ein sympathischer Typ mit einem strahlenden Lächeln, andererseits ein grässlicher, bohrender Blick … Was sollte ich antworten?

„Wie gut verkraften deine Nerven eine kritische Situation?“, fuhr Fred mit seiner Prüfung fort. Dieser Mann begegnete bestimmt allem hier auf der Welt wie einem für ihn interessanten psychologischen Problem.

„Mein Nerven verkraften sie“, antwortete ich unschlüssig, denn ich hatte nicht die leiseste Ahnung, in was er mich hineinziehen wollte.

Als habe er meine Gedanken gelesen, antwortete Fred: „Ich will dich in nichts hineinziehen. Und dich auch nicht“, wandte er sich Karl zu. „Aber ihr habt euch ein Ziel vorgenommen, und alles hängt davon ab, wie gut ihr nervliche Spannungen aushaltet. Und wenn etwas geschieht – zum Beispiel, wenn es Probleme mit der Polizei gibt –, dann erkläre ich euch mit meiner Unterschrift für wahnsinnig“, schloss Fred lachend, aber dieses Lachen brachte nicht mehr so eine Erleichterung wie zuvor. Alles, was der Mann sagte, war nur allzu wahr.

Wir bekräftigten beide unseren Entschluss, bis zum Äußersten gehen zu wollen, und hörten uns dann Freds Plan an.

8

An diesem Abend gelangte unser Vorhaben nicht mehr zur Durchführung. Wir brauchten Zeit für die Vorbereitung der Operation und für die Beschaffung der nötigen Ausrüstung und beschlossen, gleich am nächsten Morgen damit zu beginnen.

Henri ließen wir über Nacht in eine Isolierzelle der Irrenanstalt sperren, wo niemand nach ihm suchen konnte. Und wenn jemand seine Beschwerden hörte, so waren in der Klapsmühle noch ganz andere Geschichten zu vernehmen – wie ich die Schlacht bei Waterloo verlor, wie ich die Elektrizität erfand und so weiter. Die Geschichte des Quadratschädels würde großartig in dieses Repertoire passen.

Wir befürchteten, dass Henris Verschwinden Aufmerksamkeit erregen würde, aber mit der Methode von Zuckerbrot (mein Auftritt) und Peitsche (Freds Rolle) fanden wir heraus, dass Henri erst in zwei Tagen wieder auf seinem Posten zu erscheinen hatte, denn er war gerade ein paar Tage am Stück eingespannt gewesen. Das passte uns, und Henri bekam die Gelegenheit geboten, sich zu erholen.

Levis Zustand schien stabil zu sein, so dass die Gegenoperation für den nächsten Tag festgesetzt wurde. Fred ging spätabends nach Hause und versprach, gleich in der Früh wieder zur Stelle zu sein. Ich blieb bei Karl wie am Abend zuvor.

Karl kochte Kaffee in der Küche, und ich blickte zerstreut auf den Fernseher. Nachrichten waren eine interessante Literaturgattung. Wenn man zum Beispiel alle die im Laufe einer Woche gebrachten Nachrichtentexte sammelte und sie dann zwischen Umschlagdeckel steckte, würde daraus ein wirklich moderner Roman: eine lose verknüpfte Handlung, viele Seitenlinien, die hauptsächlich eine Verbindung zur Gegenwart herstellten, in denen aber unter anderem auch das eine oder andere ewige Problem steckte. Es wäre ein interessanter Versuch.

Natürlich sah ich mir die Nachrichten nicht aus rein literaturwissenschaftlichem Interesse an. Es war eine bestimmte Art Droge, das Bedürfnis, immer etwas Neues zu erfahren, etwas ganz Neues. Und Nachrichten boten dies normalerweise an.

Die Hauptstadt konnte sich keine moderneren Busse leisten, die estnische Armee hatte zu wenig Geld, das Bildungswesen hatte zu wenig Geld usw.. Die Überschrift des Romans wäre „Wir haben zu wenig Geld". Jede Nachricht bekäme ihr Kapitel, das Schlusswort würde der Premierminister erhalten.

Meine Grübelei wurde dadurch unterbrochen, dass auf dem Bildschirm Saul Simons scharf geschnittenes Gesicht erschien. Die Augen waren mal müde und matt und dann wieder munter. Er erzählte von einem Vertrag, den er erfolgreich unterzeichnet habe und der ein paar hundert Arbeitsplätze schaffe. Keine Klagen, dass wenig Geld vorhanden sei. Der Reporter war ein rundlicher Ausländer, der in ungelenkem Estnisch Fragen über Dinge stellte, die sowieso allen klar waren.

Dann machte ein fescher junger Mann weiter, bei dem man am Ende eines jeden Satzes ein „oh yes!" ergänzen wollte. Seine Fragen waren ein klein wenig sachlicher, und er erkundigte sich unter anderem auch nach Sauls Frau: Ob Frau Simon jetzt in die Firma einzutreten gedenke?

Sauls Miene verfinsterte sich, und er bemerkte trocken, dass das Problem im Augenblick noch nicht aktuell sei. Dann aber lachte er galant und fügte hinzu, dass man das natürlich seine Frau selbst fragen solle. Die letzte Frage war aber ganz interessant: Man habe gehört, dass er Verbindungen zur Unterwelt habe. Saul Simon hob nicht einmal eine Braue und antwortete halb im Spaß, gewiss, man habe ihm tatsächlich einmal spät abends mit Gewalt den Geldbeutel abgenommen.

Damit war die Nachrichtensendung vorbei.

„Du verdammtes Schwein, ich würde dich am liebsten …", brummte Karl kaum hörbar, als er das Zimmer betrat. „Ich weiß nicht, wie diese Gerüchte zu den Journalisten gelangt sind. Hat ein Journalist von etwas Wind bekommen?"

Tatsächlich war es vollkommen logisch, dass nach einigen Todesfällen, die sich unter unklaren Umständen in einer Firma ereignet hatten, die Presse begann, der Sache Interesse entgegenzubringen. Aber jetzt nützte uns das nichts; zuvor war es nötig, Levi aus diesem Hotel herauszubekommen.

Auf dem Tisch lag aller möglicher Kram herum: meine falsche Nase, ein paar Abhörgeräte, ein Diktafon und eine Kamera, Karls Revolver und noch eine kleinere Pistole, ein Haufen Geld und schließlich noch aller möglicher Kleinkram, den Fred für notwendig erachtete.

Karl nahm den Telefonhörer und wählte eine Nummer.

„Ich bin's", sagte er ins Telefon. „Ich schaffe es immer noch nicht zu kommen. Ich weiß es nicht, heute bestimmt nicht. Ja, wenn ich komme, dann bringe ich es mit. Nein, brauchst du nicht zu tun, nein, sage ich! Ja, umarm die Kinder von mir. Gut. Auf Wiedersehen!"

Karl sah mich verdutzt an. Er schien in diesem Augenblick irgendwie hilflos und müde. Es war ihm anzusehen, dass er am liebsten alles liegen und stehen gelassen hätte und irgendwo ganz anders wäre. Jetzt aber kam alles auf einmal – die Kinder, die Frau, das Geschäft, die Verantwortung …

„Ich sollte mich wohl mal wieder zu Hause blicken lassen. Du kannst vielleicht allein hier bleiben, wir legen ja erst morgen los", sagte er, als wolle er sich entschuldigen. Natürlich verstand ich ihn und versicherte rasch, dass er gehen solle, natürlich würde ich ohne ihn zurecht kommen.

Ich war immer noch in einem Alter, in dem man nachvollziehen konnte, warum die Leute heirateten, darunter litten und sich dann einen Liebhaber oder eine Geliebte suchten. Mir fiel auch ein, dass ich mich in der Schule noch ein bisschen länger krankmelden sollte. Sogar gesetzt den unwahrscheinlichen Fall, dass morgen alles glatt ging, würde ich danach noch einige Tage krank sein. Die Nerven würden nach einer Ruhepause verlangen.

Ich begann im Kopf die Ereignisse des Tages zu sortieren. Die morgendliche Autofahrt. Die Maskerade im Restaurant. Die Quälerei des Quadratschädels. Dann das Abklappern von Karls unglaublich großem Bekanntenkreis in der Stadt. Ein großer Teil der Firmen und Läden, in denen wir waren, hatte keinerlei Verbindung zu Karls Geschäft. Was das betraf, so nahmen uns alle auf wie alte Freunde. Ich hatte den Eindruck, dass Karl ihnen irgendwelche medizinischen Dienstleistungen angeboten hatte, die wohl das Licht des Tages scheuten. Jetzt lag die gesamte Ausrüstung auf einem Haufen, und ich musste mir eingestehen, dass meine Selbstsicherheit beim Gedanken an das Alleinsein rasch nachließ.

Ich schaltete den Fernseher ein und setzte mich hin, um einen Film anzuschauen, der zu meiner großen Befriedigung zu den vielen wunderbar schlechten Streifen zählte. Am Anfang trat ein Polizist auf, der mit Kopfschmerzen erwachte und dessen Leben ganz einfach zum Teufel gegangen war. Natürlich war er geschieden, was bedeutete, dass in einem späteren Abschnitt seine Ex-Gattin auftauchen und ihn bei seiner Tätigkeit stören würde. So geschah es auch. Nach ein paar Minuten war auf dem Bildschirm auch das neue Schätzchen des Polizisten zu sehen. Im Verlauf der ersten drei Minuten hatte ich bereits erraten, wer sich in wen verlieben, wer sterben und wer am Leben bleiben würde. Man musste nur noch darauf warten, wie der gute Held den Bösewicht am Schluss unterkriegte.

Der Film weckte in mir Kampfbereitschaft, und am liebsten hätte ich Levi heute noch befreit. Meine Hände sehnten sich geradezu nach irgendeinem Schurken!

Ich hatte ungefähr eine Stunde lang den Film mitverfolgt – schon verprügelte der stärkste Mann seinen heimtückischen Gegner –, als die Tür ein Geräusch von sich gab und Karl hereinkam.

„Na, bist du zu Hause gewesen?", fragte ich, um mein Erstaunen hinter leichtem Geflachse zu verbergen.

Karl war brummig. Zu Hause war offenbar etwas Unangenehmes vorgefallen, denn er gab keine Antwort, sondern schloss sich in sein Arbeitszimmer ein.

Mir blieb nichts anderes übrig, als mich dem Bett zuzuwenden. „Morgen gewinnt man den Tod oder einen großen Namen", fiel mir der Lieblingssatz meines Trainers ein.

Vielleicht sollten wir auch Georg mitnehmen?

Mit diesem Gedanken schlief ich ein.

9

Am Morgen war Karl früh dran. Alle seine Bewegungen strahlten Entschlossenheit und Bereitschaft zum Prügeln aus, wie er am Abend zuvor versprochen hatte. Im Gegensatz zu Karls Begeisterung begann jedoch meine Entschlossenheit zu schwinden.

Meine Zweifel drehten sich darum, welche der Rollen des Films, den ich am Abend zuvor gesehen hatte, durch mich besetzt würde, denn so viele glückliche Zufälle kamen sonst leider nur im Film vor.

„Sieh weniger fern!", sagte Karl giftig, als ich ihm davon erzählte.

„Was ist dir denn nun für eine Laus über die Leber gelaufen?“, fragte ich sofort, denn ein mürrischer Karl war nur schwer zu ertragen.

Er hatte gerade den Kaffee in die Tassen eingegossen. Dann setzte er sich an den Tisch, nahm eine Scheibe Brot und begann langsam, sie mit Käse zu belegen. Jetzt erinnerte er mich wieder an diesen müden und hilflosen Typ, der mich ein paar Abende zuvor zu Levi gerufen hatte.

„Nichts Besonderes“, fing Karl an. Zwei Seelen kämpften in seiner Brust: Die eine wollte den Frust herauslassen, die andere hielt dies für eine unverzeihliche Schwäche. Schließlich siegte die erste der beiden Seelen, und Karl sagte: „Meine Ehe ist endgültig im Eimer!“

Ich sah auf. Karl betrachtete mich und fuhr dann mit einem bitteren Lächeln fort:

„Ich bin in eine etwas peinliche Szene hineingeraten. Ich kam schön leise nach Hause, um die Kinder nicht zu wecken, und was musste ich da sehen? Meine liebe Frau widmete sich gerade einem Vertreter für Haushaltsgeräte. Du weißt doch, die Typen, die von Tür zu Tür ziehen. Eine Kaffeemaschine war schon ausgepackt, und der reizende Herr ebenfalls. Sein kahler Schädel glänzte im Schein der Nachttischlampe. Meine Frau war noch nicht weiter als bis zum Oberteil gekommen. Ich habe ihnen einen schönen Abend verdorben“, schloss Karl und kniff wütend die Lippen zusammen. Er schaffte es nicht, die Kränkung und den Schmerz zu verhehlen. Und mehr hatte er gewiss nicht vor zu sagen, denn er nahm einen großen Bissen Butterbrot.

So waren sie, die Männer. Er selbst konnte, dezent ausgedrückt, mit meiner Schwester intimen Umgang pflegen, aber seiner Frau so etwas zu gestatten, das kam auf gar keinen Fall in Frage! Dann war die Ehe zerstört, das Leben ruiniert, und überhaupt, alles war vernichtet. Karl war offenbar zu demselben Schluss gekommen.

„Unser Zusammenleben ist schon seit einiger Zeit in eine Schieflage geraten. Ich verspüre beim Gedanken an meine Ehe irgendwie eine solche Müdigkeit. Ich weiß nicht mehr, worüber ich mit meiner Frau noch reden soll. Mit Levi ist das anders, mit ihr ist alles ganz natürlich." Karl hatte offensichtlich beschlossen, sich alles von der Seele zu reden. „Meine Ehe läuft schon lange nicht mehr gut. Aber es ist eine Sache, das zu merken, und eine andere, seine Frau in flagranti mit einem Liebhaber im eigenen Ehebett zu erwischen. Das ist gemein. Ich achte wenigstens immer darauf, dass wir nicht von Bekannten und Freunden gesehen werden. In dieser Beziehung kann mir meine Frau nichts vorwerfen."

Na ja, das klang nach „ich bin zwar ein Ehebrecher, aber wenigstens kein Verbrecher!" Ich hatte nicht vor, spitze Bemerkungen Karl gegenüber fallen zu lassen, aber es schien, dass dieser nur um sich selbst kreiste und kaum daran dachte, wie Levi ein solches Versteckspiel gefiel.

„Neulich, bei Levi ...", Karl schluckte, und es fehlte wenig, und der große Kerl hätte ein paar Tränen vergossen, „... wollte ich ernsthaft mit ihr reden. Ich hatte schon sehr lange an Scheidung gedacht. Mit Levi schien es zu passen."

Das war eine Überraschung. Karl begann mich gezwungenermaßen an den Polizisten-Helden zu erinnern, der am Ende der Geschichte alle Halunken niederschlug. Es fiel ihm zwar ein bisschen schwerer, mit dem allergrößten Verbrecher fertig zu werden, aber dann nahm er seine letzte Kraft zusammen und erledigte auch noch diesen Bösewicht.

Karls Stimme holte mich in die Wirklichkeit zurück: „Levi darf nichts passieren, verstehst du?"

Ich wurde schon wieder sauer auf diesen selbstsüchtigen Typen. Alle seine Meinungsäußerungen waren „ich – ich – ich". Wenn seine Frau ihm keine Hörner aufgesetzt hätte, hätte man auf Levi auch verzichten können, oder wie?

„Na ja, unter diesen Umständen natürlich nicht", bemerkte ich mit Nachdruck. Das kam an. Karl entschuldigte sich für seine dumme Bemerkung und wurde sachlicher.

„War dieser Vertreter einer deiner Bekannten?" Diese Frage musste ich einfach noch loswerden.

„Was weiß ich", brummte Karl. „Hätte ich ihn auf den Rücken drehen sollen, oder wie hast du dir das vorgestellt?"

Das Thema war ausgereizt, und es hatte keinen Sinn mehr, den Mann weiter aufzuziehen.

Es klopfte an der Tür. Fred kam. Er warf Zeitungen auf den Tisch, und als seine Nase wieder aus der Kaffeetasse zum Vorschein kam, verkündete er freudestrahlend:

„Henri ist im Lieferwagen und erwartet unsere Befehle."

Ich hatte den leisen Verdacht, dass das Quälen des armen Quadratschädels diesem Psychiater vielleicht doch insgeheim Freude bereitete. Fred hatte wohl in der Zwischenzeit Henri irgendwie beeinflusst, aber wir konnten diese Sache nicht weiter vertiefen, denn nun wurde ich für unsere Operation vorbereitet.

Gestern im Theater war alles viel einfacher gewesen: Die Maskenbilder und Ankleider hatten ihr Geschäft verstanden, während die beiden großen Männer hier im Umgang mit Schminke und Cremes völlig hilflos waren. Den Schnurrbart und die Augenbrauen brachte ich selbst an der Stelle an, wo sie meiner Meinung nach hingehörten. Die Befestigung der Perücke war am kompliziertesten, denn sie war ein bisschen zu groß, und man musste ihren Rand mit Haarsträhnen verbergen. Trotzdem war dann alles schließlich mehr oder weniger fertig, ich bekam noch einen ordentlichen Geldbetrag zugesteckt, und Fred und Karl vertieften sich in die Geheimnisse der Technik. Das ging mich nichts mehr an, meine Aufgabe war lediglich, mir ein paar von diesen Gegenständen umzuhängen.

Ich setzte mich wieder zurück auf das Sofa, schlug die Beine übereinander und wünschte mir, noch einmal im Restaurant *Palace* zu sein. Jetzt hätte ich ja auch einen Haufen Geld in der Tasche gehabt!

Ich nahm die frischen Zeitungen zur Hand, die Fred mitgebracht hatte. Gleich auf der Titelseite stand, dass nicht nur die Regierung unfähig war, sondern auch der Oberbefehlshaber der Armee! Wie dieses Land überhaupt noch existierte, war mir ein

Rätsel – vielleicht nur dank der klugen Journalisten, die offenbar alles besser wussten.

Ich drehte die Zeitung um, und vor Überraschung blieb mir der Mund offen stehen. „Ehe der Simons geschieden!“, verkündete eine große Überschrift. Unter dem Text war ein Bild von Saul mit traurigem Gesicht. Der zweispaltige Artikel erzählte, dass sich die Ehepartner einander entfremdet hätten, da die Arbeit beide zu sehr beanspruche. Was für einer Tätigkeit die Gattin nachging, wurde in dem Artikel nicht erwähnt. Man trenne sich in Freundschaft, und als Ausdruck dessen habe Saul freiwillig vierzig Prozent seines Vermögens bedingungslos an Eva und das Kind abgetreten. Die entsprechende Banküberweisung sei bereits durchgeführt worden. Weiter unten wurde allerdings erwähnt, dass diese vierzig Prozent bereits im Ehevertrag festgeschrieben gewesen seien. Außerdem bekämen Mutter und Kind noch einen Teil der Aktien der Firma, die ihnen auch in Zukunft als sichere Einkommensquelle dienen sollten. Der Artikel schloss mit der Bemerkung, dass die Scheidung die Aktivitäten der Firma nicht beeinflussten und dass Eva Simon in Bezug auf eventuelle Schulden ihres Mannes keine Verpflichtungen habe.

Mit einer solchen Abfindung würde ich glatt zweimal pro Woche heiraten und mich hinterher sofort wieder scheiden lassen! Selbst nach der vorsichtigsten Schätzung müsste Eva jetzt im Besitz von einigen zig Millionen sein.

Hatte Saul wirklich plötzlich eine andere? Warum sonst eine solche für die Allgemeinheit unerwartete Neuigkeit? Merkwürdig! Etwas war hier verdächtig, aber was?

Ich las die Nachricht auch den beiden Männern vor, die an den technischen Geräten herumbastelten, worauf sie sich schweigend ansahen, und Karl brummte:

„Also deshalb stand der Mond so …“

Diese Äußerung entstammte Levis Repertoire.

Aber wir hatten keine Zeit mehr, diese Sensationsmeldung länger zu erörtern, denn die Technik wartete darauf, an meinem Körper befestigt zu werden. Mit dem Empfänger gab es keine

Probleme: Er passte genau in die Brusttasche, und das Mikrofon steckte hinter der Krawatte. Karl und ich gingen in das andere Zimmer, und wir unterhielten uns probeweise ganz leise über dieses und jenes.

„Sehr gut!“, rief Fred. „Jetzt ist alles in trockenen Tüchern. Der Radius beträgt ungefähr einen Kilometer, aber bei größerer Entfernung wird die Tonqualität wahrscheinlich schwächer.“

Dann steckte man mir etwas Kameraähnliches in die Hand. Vom Format her hätte man es für einen Kugelschreiber halten können, aber die Größe hatte ja keine Bedeutung. Wichtig war, dass man damit alles wunderbar aufnehmen konnte. Freds Plan war ebenso simpel wie unsere früheren Pläne, die in Wirklichkeit allerdings zum größten Teil danebengegangen waren. Wenn die Sicherheitsmänner wirklich nur zu dritt waren, dann würden wir sie bestimmt überrumpeln können. Karl hatte auch schon daran gedacht, Georg mitzunehmen. Das setzte jedoch voraus, dass wir eine Vorstellung davon hatten, wo der Feind sich befand, wann die Wächter einander ablösten und so weiter. Also musste ich allein vorausgehen und diese Dinge in Erfahrung bringen.

Ich versuchte mir Mut einzuflößen, aber mir fielen wohl oder übel nur die Helden ein, die ihre Ehrungen erst postum erhalten hatten.

„Also los.“ Karl musterte mich nachdenklich. „Vorläufig hängt alles von dir ab. Krieg bloß kein Muffensausen.“

Er klopfte mir aufmunternd auf die Schulter und steckte mir eine winzige Pistole in die Tasche. „Für alle Fälle“, blinzelte er mir zu und fügte hinzu: „Obwohl du meines Wissens lieber deine Fäuste gebrauchst.“

Jetzt hätte ich wohl lieber meine Füße gebraucht – um mich aus dem Staub zu machen.

Ich öffnete die Seitentür des Lieferwagens und sah sofort, dass Henri auf dem Sitz festgebunden war. Zwischen seiner Meckifrisur und dem mit einem Pflaster zugeklebten Mund befanden sich eine rote Nase und zwei verängstigte Augen. Es war deutlich zu sehen, dass Fred ihn noch mehr erschreckt hatte!

Neben dem Lieferwagen stand der Mercedes. „Ich habe die Nummernschilder vertauscht“, teilte mir Fred beiläufig mit. Tatsächlich, der Mercedes hatte nun die Nummern des Lieferwagens erhalten, während auf diesem das glänzend weiße Schild des Mercedes prangte.

Ich setzte mich in den Flitzer, wartete, bis die Freunde in dem Lieferwagen Platz genommen hatten, und fuhr los.

Wir verließen die Stadt über die Ausfallstraße Peterburi tee in Richtung Narva, vorbei an dem grauen Betongebirge des Plattenbauviertels Lasnamäe, dem Ölhafen von Muuga und hinein in die endlosen estnischen Wälder. Unter der Führung von Henri fanden wir das Erholungsheim ohne größere Mühe. Ich blickte in den Rückspiegel und sah, wie das Fahrzeug mit den anderen am Waldrand kehrtmachte. Jetzt war ich also auf mich selbst gestellt.

10

Ich parkte den Mercedes in einem eleganten Bogen vor dem Haus. Das Gebäude war ein Zwischending zwischen Schloss und Getreidescheune: Eine Scheune war es gewesen, jetzt war das Haus durch einen geschickten Umbau in ein Schloss umgewandelt worden.

Ich trat ein. In dem etwas dämmrigen Foyer stand ein Mann vom Typ Quadratschädel in einem Smoking und kaute Kaugummi. Als er mich sah, trat er näher und fragte, womit er dienen könne.

„Zuerst einmal einen Cappuccino“, antwortete ich würdig. Eine flinke Handbewegung wies mich weiter. Das Foyer ging nahtlos in ein Café über, in dem zur Zeit keine Gäste saßen. Der Igelkopf selbst stellte sich auf die andere Seite des Tresens, und wenige Augenblicke später stand vor mir eine Tasse mit dampfendem Kaffee. Und ich hatte von dem Foyer ein paar Bilder geschossen.

„Gehören Sie zu den Angestellten der Firma?“, fragte der Igelkopf quasi im Vorübergehen. „Entschuldigen Sie bitte meine Neugierde, aber ich bin hier noch verhältnismäßig neu.“

„Macht nichts." Ich ließ die Frage unbeantwortet. Jetzt musste der Auftritt erfolgen, den ich bis jetzt hinausgezögert hatte.

„Eigentlich will ich etwas … etwas ganz anderes." Ich versuchte, meiner Stimme so viel Selbstbewusstsein wie möglich zu verleihen, aber ich begann unwillkürlich zu stottern, und die Röte, die mein Gesicht überzog, war bestimmt selbst unter der Schminke zu sehen. „Henri hat mir empfohlen, den Vormittag hier zu verbringen. Ich denke, äh, im ersten Stock …"

Der Quadratschädel war nicht ganz auf den Kopf gefallen. Er setzte eine verschwörerische Miene auf und sagte:

„Inklusive Kaffee macht das achthundert." Und er fügte leiser hinzu, obwohl niemand in der Nähe war: „Kein Sterbenswörtchen zu Simon. Und die Verantwortung trägt Henri, ich weiß von nichts."

Henri hatte hier wohl eine chefartige Position! Ich stellte mir vor, wie dieser just in diesem Augenblick einen Rippenstoß von Fred bekam.

Der Igelkopf bedeutete mir, ihm zu folgen. Er beachtete mich nicht weiter, sondern eilte direkt auf die Treppe zu. Ich konnte in Ruhe weitere Bilder schießen.

Im ersten Stock nahm uns der nächste Geselle mit Meckischnitt in Empfang, dem der erste etwas zuflüsterte. Er sah mich an und grinste frech. Dann winkte er mit der Hand, und ich heftete mich an seine Fersen. Mein erster Wegbegleiter ging ins Erdgeschoss zurück. Am anderen Ende des Korridors saß noch ein dritter, der uns zuwinkte. Bestimmt war Levi hier irgendwo. Wir hatten die Tür erreicht, wo das Freudenmädchen mich offenbar erwarten sollte. Der Igelkopf schloss mit gleichgültigem Gesicht die Tür auf. Ich versuchte mich noch mit etwas wie einer Dankesgeste, aber mein Begleiter reagierte nicht, sondern schloss die Tür hinter mir.

Aber die Tür sollte lieber ein bisschen offen stehen, also riss ich sie wieder auf:

„Hören Sie mal, ist es vielleicht möglich, hier einen Cognac zu bekommen?", fragte ich den Mann.

„Ist alles im Zimmer“, antwortete der Wächter leichthin und ging. Ich ließ die Tür angelehnt und drehte mich um.

Ich erstarrte fast zu Stein. Zum Glück fiel mir meine Verkleidung ein, und ich riss mich zusammen.

„Hallo“, nickte ich dem halbnackten Mädchen auf dem Bett zu.

Das Mädchen war meine Schülerin. Aus der letzten Klasse. In der Schule fiel sie nicht sonderlich auf, sie schien ein ganz normales Mädchen zu sein. Wie war sie hierher gelangt?

Ich dankte heimlich Gott, dass ich einen falschen Schnurrbart trug, eine Perücke, Schminke und all das andere …

„Hallo“, antwortete das Mädchen mit girrender Stimme und richtete sich auf. Sie hatte einen schönen Körper, und ich verstand nicht, warum sie ihn auf diese Weise einsetzte. Dann begann es mir zu dämmern: Das Mädchen musste eine Affäre mit unserem Physiklehrer gehabt haben. Ich hatte die beiden einmal ertappt, als sie allein im Physiksaal waren und offensichtlich eine Aussprache hatten. Das Mädchen hatte verheulte Augen gehabt und wiederholt: „Aber es ist von dir, es ist von dir.“ Als der Physiklehrer mich sah, hatte er verlegen gelacht und etwas von ausgeborgten Schulbüchern gemurmelt.

Damals hatte ich dem Zwischenfall keine sonderliche Bedeutung beigemessen, aber jetzt begriff ich, dass damit die klassische Laufbahn ins Freudenhaus in Gang gesetzt worden war: Verliebtheit, Enttäuschung, Abtreibung, Gleichgültigkeit. „Start – Abtreibung – Meisterschaft“, wie Georg ab und zu verkündete. Wenigstens stellte ich mir die Sache so vor.

„Komm, setz dich hierher!“, sagte das Mädchen einschmeichelnd und glättete mit der Hand die nicht vorhandenen Falten im Betttuch. „Du hast doch nicht etwa Angst vor mir?“

„Ich möchte dich ansehen“, sagte ich heiser, damit sie mich nicht an der Stimme erkannte. Ich musste mich in die perverse Rolle einleben. „Ich will, dass du die Augen schließt und dich in Erregung versetzt. Ich will, dass es still und schön ist. Ich sitze hier und sehe zu.“

Ich fand mich selbst widerlich. Und widerlich war auch, was das Mädchen hier machte. Aber ich hatte keine Wahl: Geschlechtsverkehr mit meiner eigenen Schülerin kam nicht in Frage, und so musste ich eine sexuelle Anomalie vorgeben.

Das Mädchen begann, sich langsam nackt auszuziehen, mit geschlossenen Augen und dem Kopf im Nacken, so dass ihre langen Haare frei bis auf das Bett herabfielen. Ich hätte lügen müssen, wenn ich behauptet hätte, dass mich das völlig kalt ließ.

Überzeugt, dass das Mädchen sich seiner (und meiner) Erregung hingab, richtete ich die Aufmerksamkeit auf die Tür. Ich spähte durch die Öffnung auf den Korridor. Niemand war zu sehen, ausgenommen der Quadratschädel, der vor Levis Tür saß. Ich schoss ein paar Fotos – soweit das möglich war. Dann bemerkte ich, wie jemand den Flur entlangging und Geschirr in ein Zimmer brachte. Ich verewigte den Augenblick.

Ich hatte gerade die Kamera wieder zurück in die Tasche gesteckt, als ich hörte, wie das Mädchen unter leisem Stöhnen zum Höhepunkt gelangte. Ihre Augen waren jetzt weit offen. Das Mädchen zitterte und sah mich unverwandt an.

Sie stand vom Bett auf und kam zur Tür. Dann kniete sie sich in ihrer vollkommenen Nacktheit vor mich hin und legte ihre Hand auf mein Knie. Nur ihre Haare verhüllten die jungen Brüste.

„Du stehst mehr auf Männer, stimmt's?“, fragte sie leise. Ich verstand zuerst gar nicht, warum sie das fragte, aber dann begriff ich: Warum sollte ein Mann sonst anderen Männern durch den Türspalt nachgaffen und die nackte Frau vor seiner Nase ignorieren …

„Ich bin … eigentlich … bisexuell.“ Mir fiel nichts Besseres ein. „Am liebsten würde ich es mal … zu dritt machen.“

Das perverse Spiel begann meine Kräfte zu übersteigen.

„Willst du, dass ich Johan rufe? Dann können wir es auch zu dritt treiben“, fügte das Mädchen hilfsbereit hinzu.

„Neein!“, krächzte ich heiser und kraftlos, und ich stellte mir vor, welche Freude wohl die anderen draußen im Lieferwagen hatten. Als Höhepunkt des Ganzen wurde die ganze Geschichte auch noch auf Band aufgenommen! Also leistete ich keinen Widerstand mehr.

„Komm, zieh dir etwas an." Ich hob das Mädchen hoch und brachte sie behutsam zum Bett.

„Gefalle ich dir nicht?", fragte das Mädchen ehrlich betrübt.

„Das ist nicht der Punkt." Ich half meiner Schülerin in den auf dem Stuhl ausgebreiteten Morgenmantel. „Ich bin nicht in der Lage zu Geschlechtsverkehr. Deshalb will ich nur zusehen und reden. Erzähl mir von dir! Warum bist du hier?"

Ich hätte gerne noch gefragt, warum sie nicht in der Schule war, aber es galt, gewisse Grenzen einzuhalten. Jetzt war der Zweck ein anderer. Wenn alles gut ging, versprach ich mir, würde ich dem Mädchen hier heraushelfen.

Das Mädchen setzte sich ein bisschen enttäuscht auf das Bett.

„Sie bezahlen gut", sagte sie dann ohne den geringsten girrenden Unterton. Ihre Stimme hatte einen vulgären Klang angenommen, und die Hand griff nach einem Paket Zigaretten. „Und überhaupt, mir gefällt Sex!", fügte sie affektiert hinzu.

„Das kann ich mir kaum vorstellen", murmelte ich für mich.

Konnte ich jetzt vielleicht schon weggehen? Ich hatte den Korridor überblickt, Bilder gemacht und die Männer gezählt. Mit dieser Information konnte man mehr oder weniger beginnen. Und wenn Henri noch als Schutzschild diente …

Ich betrachtete das Mädchen. Sie weinte. Die Zigarette, die sie in der Hand hielt, zitterte, und die ganze anfängliche Affektiertheit war wie weggeblasen. Jetzt saß dort ein unglückliches Schulmädchen, dessen nackte Zehen unter dem Morgenmantel nach Schutz suchten.

„Was wollt ihr alle?", schluchzte das Mädchen.

Ich versuchte, ihr den Arm um die Schultern zu legen, aber sie stieß meine Hand fort und warf sich auf die Seite.

„Der eine will es so, und der andere wieder so … Und der

Dritte will, dass ich vor ihm auf dem Boden krieche, und der Vierte muss mich mit der Peitsche schlagen. Ich bin wie ein Hund, ihr kommt hierher, benutzt mich und gebt euer Geld aus. Ich will auch etwas Schönes, dass jemand kommt und sich mit mir beschäftigt. *Mit mir!*“ Dennoch ließ sie nicht zu, dass ihr Schluchzen zu einem zu lauten Geräusch anstieg. Offenbar hatte sie Angst vor den Quadratschädeln, die auf dem Flur Wache schoben.

„Wie bist du hierher geraten?“ Ich konnte mir diese Frage nicht verkneifen.

„Ach“, das Mädchen zog sich die Nase hoch. „Wie das halt immer so abläuft – zuerst will man es nur ein einziges Mal machen, wegen des Geldes. Dann aber hat man Angst, dass es rauskommt, und man muss immer weitermachen.“ Das Mädchen begann wieder zu schluchzen und verbarg ihr Gesicht hinter ihrem Taschentuch.

Ich wollte das Mädchen hier herausbringen. Zusammen mit Levi. Oder ohne Levi, um Levi würden wir uns später sowieso noch kümmern. Ich musste es tun, sogar wenn ich dafür jemand auf dem Korridor über den Haufen schießen musste! Ich war verdammt zornig und bereit, mich – wenn nötig – mit allen dreien zu schlagen. Gleichzeitig machte ich mir keine Illusionen: Das Personal hier bewegte sich ausschließlich mit mindestens einer Waffe in der Tasche, vielleicht sogar mit mehreren.

„Unser Estnischlehrer riecht so wie Sie“, teilte mir das Mädchen zwischen ihren Tränen mit. Sie hatte mein Taschentuch vollgeschluchzt. Verdammt, hatte sie als Gipfel des Ganzen ihre Lehrer beschnuppert? Ich erinnerte mich zwar an eine Englischlehrerin aus meiner Schulzeit, die wir „Eau de Cologne“ genannt hatten, aber das war nicht wegen ihres Geruchs gewesen: Sie hatte sich während der sowjetischen Anti-Alkohol-Kampagne Ende der Achtzigerjahre in Ermangelung anderer Alkoholika mit dem erwähnten Zeug betrunken. Ich roch vor allem nach einem dezenten Rasierwasser.

„Warum bist du nicht in der Schule?“, fragte ich, um etwas zu sagen. „Du bist noch jung. Du müsstest in der Schule sein."

„In der Schule ist es langweilig." Sie blinzelte mir zu und brachte ihr Make-up in Ordnung, das um die Augen herum verlaufen war. Natürlich hatte sie erschreckend Recht, dort lief ja meinesgleichen herum. Jetzt aber war es höchste Zeit, etwas zu unternehmen.

„Hör mal her, Mädchen", flüsterte ich. „Ich helfe dir hier raus. Hab keine Angst, ich bin nicht pervers. Ich bin … Ich bin sehr reich. Ich verhelfe dir zu einem neuen Anfang, in Ordnung?"

Das Mädchen sah mich überrascht an und wich von mir weg.

„Was wollen Sie von mir?", fragte das Mädchen langsam. „Ich will nicht die persönliche Sklavin von irgendjemand werden, das habe ich mir geschworen. Ich komme auch so zurecht."

Wie sollte ich ihr klar machen, wie hoffnungslos dumm sie war? Hier war sie ja die Sklavin von jedermann! Und wenn sie sich weigerte, dann war es das Einfachste auf der ganzen Welt, sie aus dem Weg zu räumen. Wenn sie jetzt also nicht mit mir kam, dann würde sie hier von allen betatscht werden. Das sagte ich ihr auch. Endlich zeigte sich auf ihrem tränenverschmierten Gesicht so etwas wie ein Lächeln.

„Warum reden Sie so? Ich will mich nicht mit jemand streiten. Sie haben mich sofort wieder vergessen, wenn Sie von hier weg sind …"

Die Tränen liefen dem unglücklichen Wesen in die Augen und verliehen ihr irgendwie eine edle Schönheit. Wie bei einer Märtyrerin auf dem Weg zum Scheiterhaufen. Sie sah mir in die Augen, und ich fürchtete, dort irgendwelche Anzeichen eines Wiedererkennens zu bemerken.

Die Zeit verging. Ich musste los. Aber nicht ohne das Mädchen.

„Wie ist dein Name?", fragte ich.

„Bibi", antwortete sie.

„Nicht dein Arbeitsname. Wie ist dein wirklicher Name?" Ich gab nicht nach. Ich schämte mich, dass er mir nicht selbst einfiel.

Nach ein paar Schluchzern wurde klar, dass meine Schülerin von ihren Eltern den Namen Beata erhalten hatte. Sie sprach ihn aus wie *peata*.*

„Kann ich dir vertrauen?"

Das Mädchen nickte und blickte zu Boden.

„Hier im Nebenzimmer wird eine Frau festgehalten. Ich muss sie befreien."

Das Mädchen sah mich verliebt an.

„Ist sie Ihre Frau?", fragte Beata andächtig. Natürlich war ich jetzt in den Augen der jungen Dame ein echter Ritter, der seine Prinzessin aus den Klauen des Drachen befreite. Ich beließ das Mädchen in diesem Glauben.

„Das ist auch der Grund, warum ich in Wirklichkeit hier bin." Das Mädchen nickte begeistert. „Wie gelangt man zu ihr? Wie viele Männer bewachen sie?"

„Drei Männer", flüsterte Beata mit verschwörerischer Miene. „Einer ist hier auf dem Korridor, und einer ist dort in dem Zimmer, und einer ist irgendwo oben."

Also hatte Henri die Wahrheit gesagt. Laut Auskunft des Mädchens brachte man Levi Essen und Bücher. Einmal am Tag kam ein Arzt zu ihr, und danach war sie angeblich immer ein bisschen müde.

„Woher weißt du das?", fragte ich erstaunt.

„Ich habe ihr selbst schon Essen gebracht", teilte Beata mit. „So eine schöne Frau."

Armes Mädchen! Levi war bestimmt keine ausgesprochene Schönheit, sondern eine ganz normale Frau. Aber jetzt war ein romantischer Retter erschienen, und es hatte keinen Sinn, eine Frau zu befreien, die nicht mindestens schön war.

„Aber die bekommen sie hier nicht raus", fügte das Mädchen bekümmert hinzu. „Sie haben so viele Waffen, Sie können allein gar nichts gegen sie ausrichten."

Ich erklärte dem Mädchen, dass wir zusammen von hier

* Estnisch: „kopflos, hirnlos"

entfliehen würden und ich dann mit meinen Helfern zurückkommen würde.

„Wie viel kostet es, dich mitzunehmen?“, fragte ich ohne Umschweife.

Das Mädchen schaffte es noch, eine beleidigte Schnute zu ziehen, aber dann gestand sie, dass es dreitausend Kronen kostete. Ich kramte in meinem Geldbeutel herum. So viel hatte ich gerade noch.

Aber dann begann das Mädchen zu weinen. Mit dem Geldbeutel zusammen war meine Pistole aus der Tasche gefallen.

„Mit Ihnen gehe ich nirgendwohin!“, flüsterte sie erschrocken und starrte auf meine Waffe. „Ich weiß ja nicht einmal, wer Sie wirklich sind!“

Ich packte das Mädchen bei den Schultern und sah ihr in die Augen.

„Schau mich aufmerksam an!“, befahl ich. „Und jetzt stell dir mein Gesicht ohne Schnurrbart und Perücke vor. Stell dir vor, wie ich vor einer Klasse über estnische Literatur spreche …!“

Beata erkannte mich. Sie schrie leise auf und verbarg ihr Gesicht in den Händen.

„Nein, nein!“, murmelte sie. „Ich kann Ihnen nie wieder in die Augen sehen! Ich kann niemandem jemals wieder in die Augen sehen. Gehen Sie, Herr Allan. Lassen Sie mich hier!“

Ich beugte mich vor, um ihr wieder aufzuhelfen. Es war dringend nötig, rasch Kleider aufzutreiben. Ich öffnete den ersten Schrank. Dort hingen irgendwelche Fetzen.

„Wenn du hier bleibst, dann kannst du wirklich niemandem mehr in die Augen sehen. Zieh dich jetzt rasch an, wir haben es eilig, hörst du!“, rüttelte ich das Mädchen auf und versuchte, so viel lehrerhafte Autorität wie möglich in meine Stimme zu legen.

Beata war gerade aufgestanden und zum Schrank gegangen, aber es war schon zu spät: Auf dem Korridor ertönten Stimmen, und die Tür des Zimmers flog auf.

11

In der Tür stand Saul. Er hob die Hand. Ich blickte in den Lauf einer Pistole. Im Bruchteil einer Sekunde registrierte mein Gehirn, dass die Pistole einen Schalldämpfer hatte. Dass Sauls Hand zitterte. Dass Beata aufschrie und nach vorne sprang. Dass ein dumpfer Knall ertönte, jedoch an meiner Stelle das Mädchen getroffen wurde. Dass Beata zur Seite geschleudert wurde und ihre Brust sich rot färbte. Und dass Sauls Pistole langsam in meine Richtung wanderte.

Ich hatte die Hand in der Tasche. Sie war dort geblieben, als ich das Taschentuch, das ich von Beata zurückbekommen hatte, eingesteckt hatte. Ich wollte die Hand heben und zu Saul rufen, er möge nicht feuern, aber meine Stimme versagte ihren Dienst. Ich konnte nur kläglich krächzen. Mit der Hand fiel auch die falsche Nase aus der Tasche.

Saul betrachtete sie überrascht. Dann hob er den Blick und kam langsam auf mich zu, wobei er immer noch mit der Pistole auf mich zielte.

„Ich habe versprochen, dass ich den ganzen Müll aus dieser Stadt entferne", presste er zwischen den Zähnen hervor. Das war nicht der Saul Simon, den man auf den Gesellschaftsseiten präsentierte. Das war ein geisteskranker, kaltblütiger Mörder. Bestimmt würde ich sein nächstes Opfer sein … So endete alles, oh je. Das Mädchen hatte bereits den Tod empfangen, und gewiss würde er auch mich auf der Stelle aus dem irdischen Dasein hinausbefördern.

Saul blieb vor mir stehen. Ich stand da und hielt die Hände über dem Kopf. Was mir die Möglichkeit gäbe, ihm von oben einen Schlag gegen den Hals zu versetzen. Ich blickte zur Tür. Dort stand ein bewaffneter Quadratschädel, und seine Meckifrisur sah in meine Richtung. Verdammt!

Saul stieß mit dem Fuß gegen die vor meinem Fuß liegende falsche Nase und zog dann an meinen Haaren. Oder besser gesagt an der Perücke. Sie flog ebenfalls auf den Boden. Im darauf folgenden Moment nahm der Schnurrbart den gleichen Weg.

„Sieh mal einer an, Alex Allan!", sagte Saul und wurde irgendwie freundlicher. „Sieh mal einer an! Weißt du auch, dass diese hässliche Nase dir das Leben gerettet hat?"

Ich nickte erleichtert. Immerhin das Leben! Aber was hatte er mit mir vor?

Saul gab mir ein Zeichen, dass ich mich setzen solle. Ich setzte mich auf das Bett, ließ die Hände herabfallen und schob sie hinter den Rücken.

„Leg die Hände auf die Knie, so ist es bequemer!", befahl Saul und setzte sich auf den Stuhl. Die Pistole zielte noch immer auf mich.

„Wegschaffen!" Er wandte sich seinen Gorillas zu. Ich schrak zusammen, aber dann begriff ich, dass sich der Befehl auf die auf dem Boden liegende Beata bezog. Als die Männer das Mädchen packten, erklang ein schwaches Stöhnen. Sie war nicht tot! Jetzt sah ich selbst, dass die Kugel das Mädchen etwa in Höhe der Schulter getroffen hatte.

„Sie ist noch ein Schulmädchen!", schluckte ich und suchte Sauls Augen. Dieser Mann konnte doch nicht vollkommen herzlos sein! Mir stockte der Atem.

„Aber schon eine Nutte", knurrte Saul verächtlich. Dann sah er zu mir herüber. „Warum kümmerst du dich so um sie? Ist sie eine von deinen eigenen Schülerinnen?"

Ich nickte. Was konnte ich anderes tun. Saul winkte gebieterisch mit der Hand:

„Bringt sie zu einem Arzt. Wenn Harry kommt, dann soll er nach ihr sehen. Vorläufig stellt nichts mit ihr an ..."

Er schloss die Tür hinter seinen Männern und starrte mich unverwandt an.

12

Wir saßen lange schweigend da. Saul hatte es sich auf dem Stuhl bequem gemacht. Die Pistolenmündung zeigte immer noch auf mich.

„Die Männer haben hier eine ganz schöne Schweinerei angerichtet", durchbrach Saul das Schweigen. „Ich dulde keine Unordnung. Und das hier ist eine schmutzige Sache."

„Und Sie selbst geben sich nicht mit schmutzigen Sachen ab?“ Ich hatte meinen Mut schon wieder teilweise zurückgewonnen. „Was haben Sie mit Levi gemacht?“

Saul schwieg und schien zu überlegen, was er mit mir anstellen sollte. Hatte ich mich zu weit vorgewagt?

„Levi ist nichts passiert. Bald ist sie wieder gesund. Dann, wenn die rechte Zeit dafür gekommen ist.“

Ein Rätsel nach dem anderen. Also war doch etwas mit Levi, aber was? Sie war ein vollkommen gesunder Mensch, sie litt nicht einmal an einem Schnupfen!

Offenbar hatte Saul beschlossen, sich einfach so zum Zeitvertreib mit mir zu unterhalten, und er fuhr fort:

„Das ist eine löbliche Heldentat, auf diese Weise seine Schwester retten zu wollen. Ich schätze ein solches Vorgehen. Aber noch klüger wäre es gewesen, wenn Sie dem Brief Ihrer Schwester etwas mehr vertraut hätten. Ihre Heldentat macht es niemandem einfacher.“

Ich formulierte in meinem Kopf eine Frage, um Klarheit darüber zu erhalten, was hier eigentlich los war. Aber Saul fuhr mit seinem Monolog fort:

„Sie haben eine sehr nette Schwester. Vor ein paar Tagen sind wir zusammen essen gewesen, und wir hatten ein sehr interessantes Gespräch.“ Saul machte eine Pause und sah mich viel sagend an. „Sie ist nur zu neugierig. Obwohl es hauptsächlich die Schuld meiner Frau ist, dass es Levi hierher verschlagen hat. Sie hatte nämlich Zweifel an meiner Treue, wussten Sie das?“

Ich nickte. Ich unterbrach ihn nicht. Vielleicht würde sich die Sache nun aufklären?

„Aber ich bin nicht untreu. Ich sorge für meine Familie. Ich liebe sie.“

Der Mann war wie in Trance. Als ob er sich nicht von seiner Frau getrennt hätte. Als wäre ich sein Beichtvater. Meine Körperhaare sträubten sich. So etwas erzählte man gewöhnlich jemandem, der es niemals weitererzählen konnte …

„Warum erzähle ich Ihnen das?“, setzte Saul sein einseitiges

Gespräch fort. „Nein, Sie haben nichts zu befürchten, auch Levi nicht. Sie sollen später nicht sagen können, dass ich hart, kalt und rücksichtslos sei. Ich bin kein Monster. Es gefällt mir, mit Menschen zu sprechen."

Saul philosophierte selbstbewusst und spielte mit mir Katz und Maus. Ich beschloss, ihn ein wenig zu provozieren, denn ich hatte eigentlich nichts mehr zu verlieren. Außer meinem Leben.

„Halten Sie sich das Mädchen als Ihre nächste Frau? Es scheint, als bräuchten Sie jetzt eine neue Lebensgefährtin."

Sauls ohnehin schmales Gesicht wurde noch schmaler. Erst jetzt bemerkte ich, dass er nach Krankenhaus roch. Und die Haarwurzeln waren grau – nur durch Farbe hatten seine Haare dunkler gewirkt.

Er ließ meine Fragen unbeantwortet. Stattdessen musterte er mich aufmerksam und begann dann über etwas ganz anderes zu sprechen:

„Ich hatte geglaubt, dass sich irgendein geiler Bock hier eingenistet habe", kehrte er wieder zu unserem ersten Gesprächsthema zurück. „Sie wären jetzt tot, wenn das Mädchen nicht dazwischengesprungen wäre. Aber Sie hätten auch ohne diese Maskerade kommen können. Dann wäre das Mädchen vielleicht noch unverletzt."

„Wirklich?" Ich blieb ihm die Antwort nicht lange schuldig. „Sie haben doch angekündigt, dass sie den ganzen Müll aus der Stadt entfernen wollen. Ihrem Verständnis nach ist Beata also Müll?"

„Was denn sonst? Eine Frau, die ihren Körper verkauft, ist es nicht wert zu leben", bemerkte Saul trocken.

In mir machte sich das Gefühl breit, dass Saul größenwahnsinnig war – er hielt sich für Gott, einen Übermenschen, er wollte die Welt retten, indem er sie reinigte.

Aber was hatte Levi damit zu tun? Oder Panin? Und all die anderen Toten?

Ich erklärte ihm kurz die Hintergründe, wie Beata in das Erholungsheim gelangt war. Saul hörte finster zu und fingerte an der Waffe herum.

„Sie glauben, dass ich die Schuldigen straflos ausgehen lassen werde?“, fragte er mich, als ich fertig war. „Ich versehre keine unschuldigen oder ehrlichen Menschen. Man muss die Niederträchtigen bestrafen.“

Der Mann war verrückt, daran bestand kein Zweifel. Warum war Fred nicht da, er hätte hier jede Menge zu tun gehabt! Dann fiel mir die Gesellschaft in dem Lieferwagen ein, die ich zwischenzeitlich schon völlig vergessen hatte. Wo waren sie? Nach dem Schuss hätten sie doch schon längst hierher eilen müssen! Oder hatten sie schon die Hosen voll?

„Johan!“, rief Saul in der Zwischenzeit in den Korridor hinaus. Der Gerufene kam unverzüglich herbei. Der Hausherr bat den Quadratschädel herein und schloss die Tür wieder ab. Der Lakai blieb unterwürfig mitten im Zimmer stehen.

„Johan, was ist hier los?“, fragte Saul.

„Na, das … das … es wurde ein bisschen …“, begann der Mann namens Johann nach einer Entschuldigung zu suchen, aber er wurde mitten im Satz zum Schweigen gebracht. Saul sah seinen Untergebenen kalt und hart an und drückte ab, ohne auf eine weitere Erklärung zu warten. Ein dumpfer Knall ertönte, und Johan sank lautlos zu Boden. Von dem Urteil zeugte ein kleines rotes Loch an der Nasenwurzel. Mein Bein begann wieder verräterisch zu zucken.

Saul warf mir einen Blick zu. In seinem Gesicht war nichts zu erkennen. Mit diesem Gesicht war er im Fernsehen aufgetreten, mit demselben Gesicht erteilte er seinen Quadratschädeln Befehle. Und mit dem gleichen Gesicht bemerkte er:

„Das ist menschlicher Müll, mein lieber Alex. Ich bin gezwungen, mich dieser Männer noch ein wenig zu bedienen, aber bald wandern sie ins Jenseits.“ Er trat mit dem Fuß auf die leblose Hand des Mannes auf dem Boden. „So wie der da.“

Ich konnte nichts sagen. Mein Hals war wie zugeschnürt. Ich beugte mich vor und übergab mich. In Filmen sterben reihenweise Männer, aber wenn jemand vor den eigenen Augen einfach abgeknallt wird, dann ist das furchtbar. In mir mischten sich Ekel und Angst. Und ein sinnloser Zorn. Man musste Saul aufhalten, aber wie? Er hatte ja eine Waffe! Ich zwar auch, aber bevor ich sie aus den Tiefen meiner Tasche emporbefördert hätte, würde ich dort neben dem Quadratschädel liegen.

Saul hob die Waffe. Wieder musste ich in den Pistolenlauf blicken. Ich spürte, wie mein Bein zitterte. Dann spürte ich nichts mehr.

Ich schloss die Augen und wartete auf den Schuss.

◆◆◆

Saul

Ein Atemzug

Bestellt für meine Beerdigung ein Konzert
ein Solo
damit es erklingt, wenn ich im weißen Tuch dem Grab entsteige
im Hemd
angetan mit einem schwarzen Anzug, ich bin ja der Bräutigam
der schwarzen Seelen
Der Chor
begleitet mit Murmeln das Murmeln, mit Summen das Summen
Die Hure
spuckt auf das leer gebliebene Grab

1 Ein Gedicht von mir. Pubertäres Gekritzel. Warum fiel es mir plötzlich ein? Eine Hure?

Lass die Hure auf mein Grab spucken. Wenn sie das Grab findet.

Einer meiner treuen Untergebenen war tot. Ich erwartete, dass alles diesmal ein Ende haben würde. Ich hatte nicht mehr viel Zeit. Aber alles Notwendige war angeordnet. Ja, ich hatte tatsächlich nicht mehr viel Zeit. Aber es bestand auch kein Grund zur Eile. Nicht einmal mit der Beseitigung dieser hirnlosen Bande hatte es Eile. *Last thing last.* Dann würde ich rein sein. Und frei. Ich würde mich nicht mehr hinter grauer Haarfarbe verstecken müssen. Und lange würde ich sie auch nicht mehr brauchen.

Ich sah zu dem Jungen hinüber. Er bückte sich, um sich zu übergeben. Der Mensch ist so schwach! Dieser junge Mann war zwar gekommen, um seine Schwester zu retten, aber er ertrug den Tod dieses Abschaums nicht. Wie hätte er Levi hier bloß herausholen wollen?

Levi … Deinetwegen musste ich mich beeilen. Und Evas wegen. Warum musstet ihr euch in Angelegenheiten einmischen, von denen ihr nichts versteht! Ihr Idealistinnen! Die Welt ist nicht so rein, dass ihr nach euren Idealen leben könntet. Noch nicht. Ja, ich weiß, die Welt wird niemals ganz rein werden, aber man muss danach streben. Um das zu erreichen, muss man zuvor im Höllenfeuer brennen. Ich habe gebrannt. Und ich brenne bis zum Schluss.

Der junge Mann saß immer noch zusammengekauert da.

Dann bemerkte ich die Leitungen! Aus Alex' Brust kamen Leitungen hervor, und irgendetwas steckte auch in seiner Brusttasche. Und die Krawatte?

Mit solchen Spielsachen spielte man zu zweit.

Wo war der Zweite?

Das Blut stieg mir in den Kopf. Ich hob die Waffe, um auch Alex Allans Leben auf der Stelle zu beenden. Er sah mich mit seinen naiven blauen Augen an. Dann schloss er sie, und ich konnte es nicht. Und es hätte auch keinen Sinn gehabt.

Ich ließ die Pistole sinken.

„Mach die Augen auf, Junge." Ich war müde. Ich erkannte den Grund für Alex' Bleichheit. Er war fast ebenso totenblass wie ich. Aber in seine Wangen kehrte die Farbe bereits wieder zurück. Meine Wangen wurden dagegen noch blasser. Bald für immer.

„Wo sind deine Genossen? Wer hört uns ab?" Ich ahnte bereits die Antwort.

„Sie sind ganz in der Nähe. Und unser Gespräch ist auf Band aufgenommen worden, so dass Sie nichts mehr tun können", verkündete Alex schon merklich kühner. „Geben Sie mir Ihre Pistole!" Der Knabe streckte seine Hand nach der Pistole aus. Ich richtete den Lauf auf ihn. Nein, mein lieber Junge, so würden wir unsere Geschichte nicht ausgehen lassen!

„Machen wir es lieber so, dass du langsam den Inhalt deiner Taschen auf den Tisch stapelst." Ich machte meinerseits einen

Vorschlag, der unmöglich abzulehnen war. Alex' Gesicht wechselte wieder leicht die Farbe, und er begann gehorsam, seine Taschen auszuleeren.

Ein Mikrofon. Geld. Eine Miniaturkamera. Einige seltsame Scheiben.

Ich trieb ihn mit dem Pistolenlauf an:

„Alle Taschen ausleeren, alle, Alex!"

Endlich kam eine kleine Pistole zum Vorschein. Damit hatte ich gerechnet. Ich stand auf und nahm die Waffe in die Hand.

Was sollte ich mit diesem Mann anstellen?

Man hatte mich grundlos zur Eile getrieben. Ich hatte keine andere Wahl.

Ich trat langsam an den Tisch heran, drückte das Mikrofon entzwei und nahm die kleine Pistole in die Hand. Mit dem Spielzeug hatte er Levi hier herausbekommen wollen! Der Junge musste sehr überzeugt von sich oder sehr dumm sein, aber das kam eigentlich aufs Gleiche raus. Ich steckte die Pistole in meine Tasche.

Ich ging zurück zur Tür und öffnete sie leise. Auf dem Korridor war es still. Nur einer meiner Gorillas saß vor Levis Tür. Er hob den Blick, und wir sahen uns in die Augen. Dann hob ich meine Pistole und …

Der Blick des Mannes wurde trübe. Er sank so lautlos zu Boden wie sein Genosse.

Einer war noch übrig. Ich rief ihn herbei.

Plötzlich durchfuhr meine Hand ein heftiger Schmerz. Ich ließ die Waffe fallen. Ich warf zuerst einen Blick auf meine Hand, dann auf Alex. Der Junge hatte sich mir genähert. In seiner Hand glänzte ein Wurfstern mit scharfen Zacken. Ein anderer von derselben Machart war in mein Handgelenk eingedrungen. Der Schmerz raubte mir fast die Sinne.

Ich sank im gleichen Augenblick auf einen Stuhl, als die Tür aufgebrochen wurde und drei Männer hereinstürmten. Es war mir gleichgültig. Alles. Henri – einer von den dreien – packte mich an der Brust, schüttelte mich und brüllte etwas. Ich verfolgte die Ereignisse wie von ferne, sie liefen wie Szenen aus einem Stummfilm vor meinen Augen vorbei und durch mich hindurch.

Mein verschwommener Blick nahm noch wahr, wie Alex auf den Korridor lief. Ich sah, wie meine Pistole vom Boden aufgehoben wurde, wie alle irgendetwas durcheinander riefen und mit den Händen fuchtelten.

Dann fiel mir Alex' Pistole ein. In der Tasche. Ich musste zur Tasche gelangen.

Ich versuchte, meinen Blick zu schärfen. Im Zimmer war nur ein groß gewachsener Koloss von Mann zurückgeblieben, der in dem auf dem Tisch liegenden Kram herumwühlte.

Er wandte sich in dem Augenblick mir zu, als ich die Pistole aus der Tasche herausbekommen hatte. Er brüllte etwas, aber er konnte mich nicht mehr aufhalten.

Ich steckte mir den Pistolenlauf in den Mund und drückte ab.

◆◆◆

Karl

Der Dritte Weltkrieg

1 Wir saßen in dem Lieferwagen wie in einer Sardinendose. Alex begann mich ernsthaft aufzuregen. Anstatt so schnell wie möglich aus dem Haus abzuhauen, schäkerte er mit einer Nutte herum!

Wie war Levi bloß zu so einem Luftikus von Bruder gekommen? Der Mann war völlig anders als seine Schwester! Ich hatte schon angefangen daran zu zweifeln, ob es eine besonders intelligente Tat gewesen war, ausgerechnet Alex auszuschicken, um das Terrain zu sondieren. Ich hatte schließlich genug Freunde, mit denen man die Sache ohne Emotionen in Ordnung hätte bringen können.

Jetzt aber trieb sich Alex auf eigene Faust in der Höhle des Löwen herum, und wir hörten im Radiosender jeden seiner Atemzüge.

Fred hatte den Mund unseres igelköpfigen Freundes von seinem Pflaster befreit und starrte konzentriert auf das Armaturenbrett des Wagens. Er hatte sich den kleinen Abhörapparat unter den Nagel gerissen, während ich mich mich mit dem Lautsprecher zufrieden geben musste.

So war Fred nun einmal. So war er schon in der Schulzeit gewesen. Groß, stark und herzensgut, aber immer vollständig unzurechnungsfähig als Anführer und auf seinen Vorteil bedacht.

Wir waren schon von einer der ersten Klassen an Freunde gewesen. Fred war der Einzige, dem ich vollkommen vertrauen konnte. Zu den Streichen, die wir in der Schulzeit begangen hatten, kamen gemeinsame Erfahrungen mit Mädchen, später die gemeinsame Unizeit. Obwohl Fred meine Entscheidung zugunsten eines Geschäftes im Großen und Ganzen gutgeheißen hatte, machte er ab und zu spitze Bemerkungen, die mich schmerzlich trafen. So schmerzlich, wie einen nur die Bemerkungen eines Freundes verletzen können.

Fred hob den Blick und schmunzelte, als habe er meine Gedanken gelesen.

Doch dann merkte ich, dass der Grund für sein Schmunzeln ein anderer war: Das Gespräch zwischen Alex und dem Mädchen hatte mittlerweile wirklich jede Grenze überschritten. Wie in einer blöden Seifenoper. Jetzt fehlte bloß noch, dass Alex sich aufmachte, das Mädchen aus diesem Sündenpfuhl herauszuholen!

Aber genau das schien jetzt der Fall zu sein.

„Ich helfe dir hier raus. Hab keine Angst, ich bin nicht pervers. Ich bin … Ich bin sehr reich. Ich verhelfe dir zu einem neuen Anfang“, klang Alex' Stimme durch das Knistern hindurch. Ich verdrehte die Augen und warf Henri einen Blick zu. Er grinste verzerrt. Er war kurz zuvor unmittelbar mit der fußballgroßen Faust von Fred konfrontiert gewesen, als sich herausgestellt hatte, dass Henri in diesem Spiel der Oberzuhälter des Mädchens war.

„Großer Gott!“ Fred erhob die Hände zum Himmel. „Wo sollen wir denn jetzt auch noch dieses Mädel unterbringen? Als ob wir nicht schon genug Probleme hätten.“ Am Tonfall erkannte ich immerhin, dass Fred nichts dagegen hatte, das Mädchen herauszuholen. Er sah aus dem Augenwinkel zu mir herüber. Ich nickte. Worte waren nicht nötig, wir verstanden einander auch so.

„Er soll bloß endlich auf die Tube drücken!“, brummte ich vor mich hin. Bis jetzt war alles gut gegangen, aber das Schicksal ließ sich nicht überlisten. Wenn wir bloß rasch aus diesen Büschen hervorkommen könnten, wo man mit der übrigen Welt nur über ein knisterndes Radio verkehrte.

Meine Sehnsucht nach Levi war schon nahezu physisch geworden. Besonders nach dem gestrigen Abend. Ich hatte immer noch nicht verstanden, was in Nina gefahren war. Ich hatte sie zwar nicht für besonders schlau gehalten, aber trotzdem – mit einem Vertreter für Küchengeräte! Das war zu viel.

Unsere Beziehung war von Anfang an mehr auf Sex gegründet gewesen. Nina war zu Unizeiten ein hübsches Mädchen gewesen, und unsere leidenschaftlichen Begegnungen hatten schon sehr bald zu einem handfesten Ergebnis geführt. Und schon kurz darauf zu einem zweiten. Nina brach ihr Studium ab, aber es schien, dass sie das nicht besonders störte. Jetzt, zehn Jahre später, reichten mir Sex und ein nettes Gesichtchen nicht mehr. Ich wollte auch Gedanken austauschen. Und in Levi konzentrierte sich alles, wonach ich mich sehnte: Verstand, Energie, Selbstständigkeit. Auch Sex. Ihre Energie und ihren Verstand gebrauchte sie gewiss in einer etwas seltsamen Richtung, aber das war ihre Sache. Und meine Sache war es jetzt, ihr aus der Suppe herauszuhelfen, die sie sich selbst eingebrockt hatte. Alex hatte Recht: Jetzt brauchte ich Levi ganz besonders dringend.

Ich spitzte die Ohren. In dem Haus war etwas Unerwartetes geschehen. Das Mädchen schrie, und man hörte einen dumpfen Fall. Und kurze Zeit später ertönte eine tiefe Männerstimme:

„Ich entferne den ganzen Müll aus dieser Stadt!"

Ich sah zu Fred hinüber. Er hob beruhigend die Hand. Aus dem Radio erklangen Schritte und dann Alex' nervöse Atemzüge. Dann wieder die Männerstimme:

„Sieh mal einer an, Alex Allan! Weißt du, dass dir diese alberne Nase das Leben gerettet hat?"

Was für eine Nase? Wer war das? Fred und ich sahen wie verabredet auf Henri. Der hatte sich zusammengekrümmt.

„Wer ist das?", brüllte Fred ihn an.

„Saul Simon", murmelte Henri und es schien, dass er vor dem in der Ferne befindlichen Brötchengeber mehr Angst hatte als vor uns. „Er knallt uns ab. Das war unser Privatding, Saul sollte nichts davon erfahren."

Saul war in dem Haus? Was machte er dort? Um diese Uhrzeit? Einige Augenblicke vergingen mit Nachdenken. Was sollten wir jetzt tun?

„Sollten wir nicht in das Haus gehen? Alex ist in Gefahr", wandte ich mich ziemlich nervös an Fred. Fred bewegte sich nicht.

„Hör her“, befahl er leise. Es schien, als sei die eigentliche Gefahr vorbei, denn Alex und Saul waren zu einem scheinbar friedlichen Gedankenaustausch übergegangen. Das Gesprächsthema freilich war überaus bemerkenswert.

Wir lauschten. Auch Henri spitzte die Ohren.

Aus dem Palaver der Männer wurden wir nicht so recht schlau. Klar war nur, dass jetzt in dem Haus schon zwei Gefangene waren.

Wenn Simon Levi etwas angetan hatte, würde ich den Mann mit meiner bloßen Hand niederschlagen!

„Lasst mich frei“, kreischte Henri plötzlich. „Ich geh und schieß dieses Schwein übern Haufen! Lasst mich los!“

Ich war etwas in Gedanken versunken gewesen und begriff daher nicht sofort die Ursache für Henris Gezappel. Fred holte mich rasch in die Gegenwart zurück.

„Simon hat angefangen zu morden“, teilte er trocken mit und befreite Henris Hände. „Hör jetzt mal her, du Hundesohn!“, wandte sich Fred an den armen Quadratschädel. Es bereitete mir kein Vergnügen, diesen unangenehmen Typen zu quälen, aber Fred verstand sich auf Menschen. Genauer gesagt – er konnte sie jederzeit nach seiner Pfeife tanzen lassen. So geschah es auch jetzt.

„Wir gehen jetzt hinein, und du führst uns!“, verkündete Fred in einem Ton, der keinen Widerspruch duldete. „Gebe Gott, dass du keine falsche Bewegung machst. Oder deine Genossen. Ich habe dich im Visier, ist das klar?“

Henri nickte.

Was sollten wir mit ihm anstellen? Ihn der Polizei übergeben? Welcher Polizei? Wenn Saul Simon festgenommen wurde und sich die Beweisstücke wieder in unserer Hand befanden – und Beweisstücke hatten wir –, dann war ja nicht zu befürchten, dass auch Henri ungestraft davonkommen würde. Aber man musste bei der Polizei eine ehrliche Anlaufstelle finden, jemanden, der auch nach dem Gesetz handelte. Nicht nur nach dem Gesetz des Geldes.

Fred wendete das Auto, und über Stock und Stein jagten wir auf das Haus zu.

„Gebt mir eine Waffe", bettelte mich Henri leise an. Fred wagte er nicht zu fragen. Ich war bis jetzt immer ein bisschen milder gewesen. Fred ersparte mir die Antwort:

„Ich werde dir gleich eins mit der Waffe verpassen! Sei froh, dass du überhaupt noch am Leben und unverletzt bist! Bring uns in das Zimmer, wo Simon jetzt sitzt und einen deiner Genossen nach dem anderen ins Jenseits befördert! Danach kannst du zusehen, ob du es schaffst, so abzuhauen, dass ich dich bei der Flucht nicht abknalle. Aber wenn du dich ordentlich aufführst, dann können wir bei der Polizei ein gutes Wort für dich einlegen!"

Freds eiserner Befehlston machte jeden Widerspruch zwecklos. Henri schien auf seine Art für diesen letzten Satz sogar dankbar zu sein. Es schien, als plane unser kurz geschorener Gefährte nicht mehr, sich irgendwohin zu verdrücken, sondern er würde mit eingekniffenem Schwanz brav mit zur Polizei kommen. Alles zu seiner Zeit. Jetzt interessierte mich das nicht besonders, denn als bereits die ersten Umrisse des Hauses auftauchten, erklang aus dem Radio Simons Stimme:

„Wo sind deine Genossen? Wer hört uns ab?"

„Schneller!", zischte ich Fred zu. Offenbar war Alex mit seinen Leitungen und Sendern aufgeflogen. Wir mussten uns beeilen.

„Auf diesem Weg geht es nicht schneller", teilte Fred ruhig mit.

Ich sah selbst, dass es nicht ging. Zum Glück war das Haus nicht mehr weit.

Die Funkverbindung brach ab.

Gleichzeitig bremste Fred vor dem großen scheunenartigen Schloss, und wir sprangen heraus. Niemand kam, um uns in Empfang zu nehmen.

Henri brauchte nicht angetrieben zu werden. Er war innerhalb weniger Augenblicke mit Riesenschritten zur Treppe geeilt, und wir hatten alle Mühe, ihm auf den Fersen zu bleiben.

Auf dem Korridor lag einer der Typen mit Lederjacke auf dem Boden. Der Zweite von der Sorte stand verständnislos in der Gegend herum.

„Es ist alles in Ordnung. Sie gehören zu mir!“, rief Henri seinem auf dem Korridor stehenden Genossen im Laufen zu und stieß die Tür auf. Wir platzten fast alle drei zur gleichen Zeit zur Tür herein, und bald wurde klar, dass die Situation auch ohne unsere Hilfe zu einer Lösung gelangt war.

Saul Simon saß mit bleichem Gesicht auf einem Stuhl, und aus seinem Handgelenk ragte die glänzende Kante eines Wurfsterns. Mitten im Zimmer stand Alex. Das Zimmer stank nach Erbrochenem.

„Behaltet ihn im Auge!“, rief Alex und stürmte auf den Korridor. „Karl, Levi ist hier irgendwo!“, ertönte noch ein Ruf von draußen, und dann knallte eine Tür.

Ich gab Fred ein Zeichen, dass er im Zimmer bleiben solle, und eilte zurück auf den Flur. Henri packte Simon und überhäufte seinen Arbeitgeber mit allen möglichen Schimpfwörtern, aber Fred beendete das Geschrei des Quadratschädels mit einer saftigen Ohrfeige. Henri schlug der Länge nach auf dem Boden auf und bekam die Hände mit Klebeband gefesselt. Mit einer Handbewegung hob Fred den Quadratschädel auf und setzte ihn an die Wand.

Ich hatte keine Zeit mehr, die Ereignisse zu verfolgen, doch als ich bereits auf dem Korridor war, hörte ich Freds Donnerstimme „Halt!“ brüllen.

Ich machte kehrt und war mit einem einzigen Sprung zurück in der Tür. Um zu sehen, wie Saul Simon den Abzug seiner Pistole drückte.

2

Ein trockenes Klicken ertönte, und Simon ließ die Waffe fallen.

Sie war nicht geladen gewesen.

Natürlich! Ich hatte Alex die Pistole gegeben, aber die Patronen steckten noch immer in meiner Jackettasche. Ich verspürte einerseits Erleichterung, andererseits stellte ich mir voller Entsetzen vor, was hätte passieren können, wenn Alex die Pistole wirklich gebraucht hätte.

„Schluss!", murmelte Saul Simon müde und gab mir die Pistole in die ausgestreckte Hand. „Wie sinnlos."

„Es ist noch zu früh, um sich in eine andere Welt zu begeben", sagte Fred. „Die Polizei bringt einem Treffen mit Ihnen bestimmt großes Interesse entgegen."

„Es ist sinnlos", murmelte Saul mehr zu sich selbst. Erst jetzt bemerkte ich, dass die rechte Hand des Mannes blutüberströmt war. Der Wurfstern hing an der Seite des Handgelenkes herab, und darunter sickerte Blut hervor.

„Ich mache einen Verband." Mir fiel mein Eid ein. Ich sah mich um. In solchen Häusern musste immer irgendwo ein Erste-Hilfe-Kasten sein.

„Die Mühe lohnt sich nicht", wandte sich Saul mühsam mir zu. „Ich sterbe sowieso."

„Wir hatten zwischendurch schon gedacht, dass du dich für unsterblich hieltest", bemerkte Fred giftig. „Obwohl ich durchaus der Meinung bin, dass keiner ewig lebt. Trotzdem würde ich es besser finden, wenn du dein Leben nicht just in diesem Augenblick aushauchst."

Vom anderen Ende des Ganges ertönte ein Krachen, und unmittelbar darauf folgte lautstarkes Fluchen. Ich vergaß sofort mein edles Vorhaben, den Kranken zu verbinden, und warf einen Blick auf den Korridor hinaus.

Die Tür am anderen Ende des Flures hing nur noch in einer Angel. Heraus traten Alex und Levi.

Ein feuriger Strahl durchzuckte mein Herz. Levi! Lebendig und unversehrt!

Alex führte Levi an der Hand. Levi folgte ihm irgendwie willenlos und schlaff.

„Nun komm, komm!", lockte Alex. „Die Gäste warten. Sieh, Karl ist auch schon da!"

Ich wäre ihnen gerne entgegengestürmt und hätte Levi an

meine Brust gedrückt, aber das wäre unpassend gewesen. Wie in einem billigen Film. In guten Filmen fanden Gefühlsstürme in den Menschen selbst statt, und dort rannte man einander nicht zur Begleitung eines Streichorchesters in die Arme.

„Levi!"

Sie sah mit einem verwirrten Blick in meine Richtung, erkannte mich aber nicht.

„Levi, ich bin's, Karl!"

„Was schreist du hier rum", schwang sich Alex zum Sprecher für seine Schwester auf. „Du bist doch hier nicht im Wald! Levi hat einen Schock. Sie begreift überhaupt nicht, was hier vor sich geht."

Die Geschwister waren bei mir angelangt. Levi wirkte wie besoffen. Ich schnupperte an ihrer Atemluft.

Nein, getrunken hatte sie nicht.

Ich hob mit dem Finger Levis Lider leicht an. Die Pupillen sprachen eine klare Sprache.

„High", sprach Fred das aus, was ich selbst geahnt hatte. „Von denen haben wir ein halbes Krankenhaus voll. Entschuldigung, ich hatte nicht gewusst, dass Levi …"

„Levi nimmt keine Drogen!", platzte es aus meinem tiefsten Inneren heraus. Und sofort bekräftigte Alex dasselbe.

Ich spürte, wie in mir die Galle emporstieg. Ich ging zurück ins Zimmer und packte Simon bei der Brust. Er rappelte sich mühsam auf.

„Das sind keine gefährlichen Dosen", murmelte er gleichgültig, ohne einen Versuch zu unternehmen, sich aus meinem Griff zu befreien.

„Warum?" Ich verlor meine Selbstbeherrschung und brüllte dem Mann ins Gesicht: „Was hast du mit ihr gemacht, du Bestie?"

Ich spürte auf meinem Handgelenk Freds beruhigende Hand. Ich schob Simon zurück auf den Stuhl, nahm mich zusammen und wandte mich meinem Freund zu:

„Du machst sie gesund." Das war sowohl eine Feststellung als auch eine Frage, eine Bitte und zugleich ein Befehl. Fred nickte.

Alex war mit Levi in der Türöffnung stehen geblieben. Er betrachtete das Zimmer und zuckte mit den Schultern:

„Hier stinkt es aber! Jemand hat sich übergeben."

Wir machten uns nicht die Mühe zu erklären, dass sogar bei der Funkübertragung überaus deutlich geworden war, wer sich hier übergeben hatte. Sollte der Junge doch in dem Glauben belassen werden, dass seine glänzende Heldentat durch keinen Fleck getrübt wurde.

Ansonsten hatte Alex Recht. Im Zimmer stank es wirklich widerlich, und nicht nur nach Erbrochenem. Ich sah Fred fragend an. Ich war schon daran gewöhnt, dass Fred für jede Situation des Lebens eine Lösung in der Hinterhand bereithielt. Jetzt aber war er war damit beschäftigt, Simon auszufragen.

„Was hast du ihr gegeben?", fragte Fred. Er hockte vor Sauls Stuhl. Der Grund, warum er hockte, war der, dass es für den müden Mann sonst überaus schwer gewesen wäre, ihn anzusehen – sein Hals wäre steif geworden.

„Ich weiß nicht", antwortete Saul ruhig. „Um Levi kümmert sich ein Arzt. Für mich ist wichtig, dass sie genug Betäubungsmittel im Blut hat. Verstehen Sie?"

Ich verstand gar nichts. Und ich wollte nicht verstehen.

„Und wo ist dieser Arzt jetzt?", setzte Fred sein Verhör fort. Simon hielt mit seiner gesunden Hand die Wunde zu, und mir fiel wieder Hippokrates ein. Dieser verdammte Grieche!

„Der Doktor kommt in etwa einer halben Stunde." Simon war noch bleich, aber die größte Schwäche begann offenbar vorüberzugehen. „Dort ist sein Arbeitszimmer." Er wies mit dem Kopf auf eine Tür.

Alex, Fred und ich tauschten Blicke aus.

„Gehen wir hinein!", sagte Fred.

„Du spritzt …", murmelte Levi, die in Alex' Arm hing.

3 Fred überließ nichts dem Zufall. Sorgfältig klebte er Henri mit Klebeband am Regal fest und führte dieselbe Operation an dem auf dem Korridor bewusstlos liegenden Quadratschädel durch. Alex hatte ihm mit einem solchen Knall die Tür entgegengeschlagen, dass ich es für klüger hielt, den Schädel des Mannes zu untersuchen. Die Beule war groß, aber direkt kaputt war nichts. Die Erschütterung freilich ... Aber ich brachte dem Opfer kein sonderliches Mitleid entgegen.

Als Henri nach Levis Wächter gerufen hatte, hatte sich dieser bei der Ankunft von Alex ganz ruhig verhalten, aber als er sah, dass Alex vorhatte, ihn als Gefangenen vor sich her zu treiben, hatte er begonnen, vor der Tür Widerstand zu leisten. Aber dann hatte er Saures bekommen. Wenigstens beschrieb Alex das Vorgefallene so. Im Arbeitszimmer des Arztes fanden wir das Mädchen mit der durchschossenen Schulter vor. Jemand hatte ihrer Schulter so etwas wie einen Verband umgelegt, aber dieses Meisterwerk erinnerte mehr an einen zusammengeknüllten Rucksack als an einen ordentlichen Verband.

„Tut ihr mir auch nichts Schlimmes an?", flüsterte das Mädchen, als ich mich zu ihr herabbückte. Eigenartig, ich hatte mir Prostituierte immer grell geschminkt und vulgär vorgestellt. Die hier war aber beinahe noch ein Kind. Ich verband die Wunde des Mädchens ordentlich und beruhigte sie. Die Wunde war nicht gefährlich. Sie schloss die Augen, und man spürte, dass sie schlief. Der Blutverlust war demnach beträchtlich gewesen.

Ich fühlte mich wie auf einem Schlachtfeld – von einem Verwundeten zum nächsten! Aber ich genoss es: Über einen längeren Zeitraum hinweg hatte ich eine ernsthafte Beschäftigung. Irgendwo in meinen Hirnwindungen begannen sich Gedanken bezüglich einer Rückkehr in eine Arztpraxis zu regen.

Levi ließ ich in Freds Obhut zurück. Ich konnte nicht ganz nachvollziehen, was er tat, aber auf jeden Fall schlief Levi bald ein, und mein Freund rieb sich befriedigt die Hände.

Jetzt war die Reihe an Saul Simon gekommen. Dieser hielt immer noch seine verwundete Hand fest und lehnte den Kopf gegen die Wand. Als ich mich ihm mit Verbandszeug und Schere näherte, sah er in meine Richtung und sagte klar und ruhig:

„Geben Sie mir das. Ich verbinde mich selbst."

„Vertrauen Sie mir nicht?", fragte ich ironisch. „Ich bin Arzt. Wenn ich Sie auch bis auf den Tod hasse, so muss ich trotzdem meinem Eid Folge leisten."

Etwas wie ein Lächeln huschte über Simons Lippen. Es war ein bitteres Lächeln.

„Ich will Sie nicht verletzen", sagte er dann sanft. „Ich habe Aids."

4 Aids? Ich zuckte instinktiv zurück. Das hatte der Mann offenbar auch erwartet, denn er lächelte wieder bitter: „Ich komme mit Verbandszeug großartig selbst zurecht."

Ich sammelte mich rasch. Aids ist keine Grippe, die durch die Luft übertragen wird. Gummihandschuhe waren natürlich notwendig. Meine Augen überflogen suchend den Raum – und ich fand sie auch. Der hiesige Arzt war ein Ordnungsfanatiker, man konnte nichts sagen.

Ich zog schweigend ein Paar Einweghandschuhe über. Saul Simon verfolgte mein Tun mit einem unverhohlenen Grinsen. „Du hast hier gar nichts zu grinsen!", dachte ich.

Ich legte Saul einen Verband an, was der Mann auch ruhig über sich ergehen ließ. Dann sah er uns herausfordernd an und fragte:

„Und was haben Sie jetzt mit mir vor?"

Ich wollte ihm schon die Polizei und das Gefängnis anbieten, aber Fred kam mir zum Glück zuvor. „Das müssen wir noch sehen", sagte er ruhig. „Ich nehme an, dass Sie uns zuerst so einiges zu erzählen haben. Wir könnten Ihnen so lange zuhören, bis dieser Harry hier aufkreuzt."

Natürlich sprach Fred wieder in unser aller Namen, aber Alex und ich hatten nichts dagegen. Alex schien an überhaupt nichts zu denken, und auch ich selbst begann erst jetzt, den Schock zu überwinden. Am besten war es wohl wirklich, Saul anzuhören und erst dann die Behörden einzuschalten.

„Was wollen Sie hören?“, fragte Simon, und es schien, als lasse ihn alles Weitere völlig gleichgültig. „Ich habe nichts zu verbergen. Ich möchte nur darum bitten, dass Sie mich nicht für einen Verbrecher halten. Was mit Levi passiert ist, war unumgänglich. Und es tut mir selbst sehr Leid.“

Merkwürdig, aber ich glaubte ihm. Er hatte nicht mehr lange zu leben, und der Mann wusste das selbst. Er hatte nichts zu verlieren, und sollten wir die Bänder der Polizei übergeben, war es um seinen guten Ruf ohnehin geschehen.

Fred setzte sich bequem hin und durchbohrte Simon mit seinem Blick. Auch er glaubte ihm, aber er wollte seine Vermutungen überprüfen.

„Wenn du nichts zu verbergen hast, warum hast du dir dann die Pistole in den Mund gesteckt? Bis jetzt war es an der Zeit zu leben, aber nun schnell ab ins Jenseits?“

Fred übertrieb gerne; es schien, als habe er wieder eine Methode gefunden, um den anderen zum Reden zu bringen. Saul blieb ihm keine Antwort schuldig. Er sprach ohne Anstrengung, als verschaffe ihm die Beichte Erleichterung.

„Ich habe alles getan, was mir zu tun blieb“, sagte er und rückte sich auf dem Stuhl zurecht. Und er fügte hinzu, wie als Antwort auf meine Gedanken: „Warum soll ich nicht mit Ihnen reden? Ich weiß zwar nicht, ob Sie alles verstehen, aber ich habe das viel zu lange ertragen. Alles musste ich für mich behalten …“

Simon schluckte leise.

„Warum haben Sie sich in diese Angelegenheit eingemischt?“, fuhr er plötzlich mit einer Frage fort.

„Wissen Sie schon lange von Ihrer Krankheit?“ Fred antwortete ihm nun seinerseits mit einer Frage.

„Ungefähr ein Jahr“, begann Saul und fuhr dann fort: „Ich bin nicht schwul. Ich bin ein anständiger Mensch. Verheiratet … inzwischen geschieden. Wir haben ein Kind.“ Es war, als lese Saul einen Bericht vor, und er lachte wehmütig, als er unsere skeptischen Gesichter sah: „Auch ich hatte nicht geglaubt, dass Aids ausgerechnet mich treffen würde. Wir hatten lange Zeit bis zum Hereinbrechen der Drogen und dem Aufkommen der Massenprostitution nur einen überaus kleinen Prozentsatz an Infizierten in Estland gehabt, und ich hatte niemanden persönlich gekannt, der an derselben Krankheit litt. Die Diagnose hat mich vollkommen aus dem Gleis geworfen und mich dazu gebracht, Verrücktheiten zu begehen. Verrücktheiten, die ich nicht mehr zurücknehmen kann … Aber man kann immer noch weiter gehen."

Alex, der bis jetzt schweigend dagesessen hatte, murmelte:

„Homosexualität fehlte noch, dann wären alle Komponenten eines mittelmäßigen Gegenwartsromans versammelt. Aids und Homosexualität – was braucht es da noch? Höchstens etwas mit Internet oder aus der Computerwelt!"

Saul ignorierte die ironische Bemerkung des Literaturwissenschaftlers und meinte trocken:

„Computer gibt es bei uns in der Firma genug. Dort gibt es auch genug Stoff für mehrere Romane. Vieles habe ich allerdings zerstört. Am Anfang habe ich alles auf Disketten gespeichert, aber dann habe ich sie auf einer Auslandsreise in einen Fluss geworfen, und ich glaube nicht, dass sie dort jemand herausfischt. Es hat also keinen Sinn, in unserem Computernetzwerk herumzustöbern."

Fred gefiel diese Einleitung nicht, sie lenkte vom Thema ab:

„Kommen Sie lieber zur Sache! Sie wissen selbst, was uns interessiert. Und Alex, du bist jetzt still!"

Alex rümpfte beleidigt die Nase, aber die Bemerkung hatte mehr darauf abgezielt, Simon zu ermuntern. Was Alex natürlich nicht verstand.

„Wie dem auch sei, vielleicht hören Sie einfach zu. Die Beichten von Saul Simon, erster Band", begann der Millionär seine Erzählung. „Du bist groß, HErr, und überaus verehrungswürdig; groß ist Deine Macht, und Deine Weisheit ist grenzenlos."

Ich dachte, dass der Mann vollkommen verrückt geworden sei, aber dann lachte er beruhigend und fuhr schon wieder normal fort:

„Ich wurde als Sohn eines Ordnungshüters geboren. Und ich habe die Ordnung im Blut. Ich dulde keine Unordnung, weder in der Familie noch in der Gesellschaft. Nirgends. Und trotzdem", er machte eine bedeutungsvolle Pause, „trotzdem verstieß ich gegen die Ordnung und muss jetzt die Konsequenzen tragen."

Simons Erzählung hatte einen feierlichen Ton angenommen. Es war wie ein Testament, das er uns vortrug.

„Ich habe eine großartige Frau", fuhr er etwas irdischer fort. „Als unser Kind geboren wurde, waren wir glücklich. Aber uns ereilte dasselbe Schicksal wie viele andere Familien – das Kind verlangte seinen Teil, und wir entfremdeten uns voneinander. Ich war bei der Arbeit, und meine Frau blieb mit dem Kind zu Hause, sie wissen selbst …".

Wir nickten.

„Ich fühlte mich irgendwie fremd und überflüssig … Und was soll ich es leugnen – ich verspürte einen Mangel an Liebe. Während Sie mich hören, kann ich auch einen Augenblick darauf verwenden, mich zu entschuldigen."

Saul genoss seinen Auftritt, doch meiner Meinung nach war es eine eher kranke Vorstellung.

„Aber fahren wir fort!", verkündete er. Die Augen in seinem bleichen Gesicht funkelten fieberhaft, und er versuchte, mit seiner gesunden Hand eine großartige Geste zu machen. „Jahrelang habe ich nur in der Computersprache gesprochen. An meinem Lebensabend kann ich mir ein wenig Pathos erlauben. Also, Hunger nach Liebe – dort waren wir stehen geblieben. Was ich zu Hause nicht fand, das erhielt ich außerhalb des Heims. Ein kleiner Seitensprung … Sie wissen selbst, wie das geht: Man trifft jemand, freundet sich an und so weiter."

Diesmal nickte nur Alex. Fred konnte sein Schmunzeln nicht zurückhalten.

„Sie schmunzeln, mein Freund", fuhr Saul fort. „Bitte sehr, das ist Ihr gutes Recht. Aber berücksichtigen Sie, dass die Liebe ihre eigenen Gesetze hat. Eine Gesetzesübertretung bleibt nicht ungestraft. Das begriff ich, als der Arzt meine Befürchtungen bestätigte: Ich war dem Tode geweiht. Das veränderte mich. Gewalt war mein Beruf geworden. Ich handelte konsequent wie ein Bürokrat. Ich konnte mich nicht damit aussöhnen, dass mein Fehltritt in vollem Maße bestraft wurde, während die Verbrechen der anderen ungesühnt blieben. Und ohne mich wäre das auch passiert."

„Sie halten sich also für Gottes Stellvertreter auf Erden", kommentierte Fred. „Wäre es nicht einfacher gewesen, die Verbrechen der Polizei anzuvertrauen?"

„Sie verstehen mich immer noch nicht ganz: Gott ist tot, und an seine Stelle ist der Mensch getreten, haben Sie Nietzsche nicht gelesen?", dozierte Simon wie in Trance. „Diese Verbrechen, von denen ich erzähle, kann man unmöglich beweisen. Nicht den Menschen. Aber Gott hat seine Gesetze. Die Menschen haben keine Möglichkeit zu beweisen, dass Herr X sein Vermögen durch Betrug und Diebstahl angehäuft hat, dass Herr Y sein Startkapital ganz einfach geraubt hat und dass Herr Z neben anderen soliden Geschäften Frauenhandel betrieben hat. Nichts ist mehr schriftlich festgehalten. Und nichts können Sie beweisen. Ich hatte keine andere Möglichkeit."

Fred mischte sich wieder ein. Professioneller Kretinismus, was sonst.

„Wo ist die Frau jetzt, die Sie infiziert hat?" Fred erinnerte eher an einen Spezialisten für Geschlechtskrankheiten als an einen Psychiater. „Womöglich haben Sie auch Ihre Frau infiziert. Belastet Sie das nicht?"

„Nein!", rief Saul aus. „Das belastet mich nicht, weil ich alles kontrolliert habe. Nach der Entdeckung meiner Krankheit habe ich Eva gründlich untersuchen lassen. Sie ist gesund. Und sie muss es sein – wer würde sonst das Kind aufziehen? Übrigens weiß sie selbst nichts von meiner Krankheit. Ich hoffe, dass sie es nicht von Ihnen erfährt. Eva beauftragte aus Unkenntnis heraus Levi, mich zu überwachen. Aber die Technik ist allmächtig, wie Sie offenbar selbst bereits gemerkt haben, und meine Gehilfen behielten alles im Auge. Es blieb keine andere Wahl – ich war gezwungen, auch Eva überwachen zu lassen, damit sie mich nicht störte … Von ihrem Anruf bei Levi erfuhr ich früher als Levi selbst. Man hätte das Mädchen warnen sollen, aber …"

„Moment!", unterbrach ich Sauls Erzählung ungeduldig. „Wie ist es möglich, dass Sie mit Ihrer Frau zusammenleben und sie trotzdem nicht infiziert haben?"

„Seien wir Gentlemen!", lachte Saul so offen, wie es ihm seine offensichtlich schmerzende Hand ermöglichte. „Über dieses Thema nur so viel, dass wir für die nächste Zeit kein Kind mehr geplant hatten und meine Frau keine stärkeren Hormonpräparate verträgt. Ich hoffe, dass ich nicht weiter ins Detail gehen muss."

Wir nickten wieder. Sogar Alex hatte verstanden.

„Aber meine Freunde, warum so betrübt!", setzte Simon seinen Auftritt fort. „Meine Geschichte ist noch keineswegs am Ende angelangt. Es wurde zum Beispiel die Frage nach der Frau geäußert, die mich infiziert hat. Als Antwort kann ich Sie beruhigen, sie steckt nie wieder jemanden an. Sie hat ihren Irrtum eingesehen und den Freitod gewählt."

„Ohne Ihre Hilfe?", fragte Fred.

„Ohne meine Hilfe", bestätigte Saul und fuhr ohne seine vorige Rhetorik fort: „Die meisten Dinge hier auf der Welt sind ohne mein Zutun geschehen. Das Werk meiner Hände ist nur die *Simon GmbH*. Oder vielmehr das Werk meines Verstandes. Levi fragte, woher ich das Startkapital hätte. Damals, in dem Restaurant, habe ich ihr nicht geantwortet. Dann haben wir uns länger unterhalten. Sie weiß einen Großteil über mein Leben, weil es ihre Aufgabe war zu schweigen. Natürlich hatte ich nicht geplant, sie zu ermorden – sie war ja unschuldig. Sie ist eine äußerst angenehme Frau, und wir haben zusammen so manchen sehr interessanten Abend verbracht. Die kleinen Rauschgiftdosen mussten lediglich ihr Schweigen garantieren – es ist ja so, dass den Geschichten eines Drogensüchtigen kein Glaube geschenkt wird. Jede Anschuldigung von ihrer Seite hätte man damit abwenden können, indem man auf das Rauschgift in ihrem Blut hingewiesen hätte. Schade, aber das war das Einzige, was ich tun konnte.

Ich habe ihr über die Schulter geschaut, als sie Ihnen diesen Brief schrieb. Ich konnte mein Lachen kaum zurückhalten – „hemingwayische Gesellschaft“! Ich gab ihr nicht mehr Zeit zum Nachdenken, und so brachte sie diesen plumpen Hinweis in Eile zu Papier. Ich ließ ihr das Vergnügen. Sie haben offenbar daraus nichts Eindeutiges herauslesen können?“

„Etwas Eindeutiges haben wir nicht herausgelesen, das stimmt“, gab ich ehrlich zu, und Saul lachte triumphierend.

„Lassen wir dieses müßige Gerede, jetzt will ich von Ihnen eine Antwort! Bin ich ein Verbrecher, weil ich mein Startkapital auf ungesetzlichem Wege erworben habe? Oder anders formuliert: Wenn ich ein Gesetz breche, bin ich dann ein Verbrecher?“

Ich zuckte zögernd mit den Schultern. Auch die anderen verspürten offenbar Zweifel und sichtliches Unbehagen.

„Sie wissen es nicht? Aber trotzdem haben Sie mich schuldig gesprochen? Nur deswegen, weil Levi zufällig die Schwester eines von Ihnen und die Geliebte eines anderen von Ihnen ist? Alex, wenn Sie Ihr Auto falsch parken, verstoßen Sie damit gegen ein Gesetz. Halten Sie sich dann für einen Verbrecher?“

„Na ja, zwischen dem Parken eines Autos und dem Töten eines Menschen besteht ja wohl noch ein Unterschied“, rechtfertigte sich Alex.

Saul ließ ihn nicht fortfahren, sondern wandte sich mir zu. „Karl, Sie halten vor dem Finanzamt Ihre Einkünfte geheim. Sind Sie ein Verbrecher?“

Der Schlag traf genau ins Schwarze, denn bei einer so kleinen Firma wie meiner konnte man doch nicht seine geringen Einkünfte dem Finanzamt in den Rachen werfen!

„Das hängt von den Einkünften ab.“ Ich suchte verlegen nach einer Antwort und begriff nun, wo Simon hinsteuerte.

„Das hängt nicht davon ab“, erklärte er lehrerhaft. „Das sind Gesetzesübertretungen, meine lieben Leute. Meine Gesetzesübertretung bestand lediglich darin, dass ich mit einem Kredit einen Menschen bezahlt habe, der mir denselben Kredit ausschrieb. Er bekam kurze Zeit später von seiner Arbeitsstelle die

Schlussabrechnung, aber er pfiff auf die halbe Million, die er von mir erhalten hatte. Ich steckte den Kredit in eine kleine Firma, die ich übernommen hatte und die unter einem falschen Namen eingetragen war. Ich ließ sie bankrott gehen, und das Geld war verloren – der Betrug bestand darin, dass man vergessen hatte, eine Garantie einzufordern. Mit anderen Worten, ich hatte eine Million, um ein ehrliches Unternehmen zu gründen. Danach habe ich keine Gesetze mehr gebrochen."

Machte er Witze, oder sprach er im Ernst? „Und das war so leicht?", sagte ich mehr zu mir selbst. Saul hörte es trotzdem.

„Wir waren jung, und es gab nichts, was leicht war, nicht einmal die Armut oder das unerwartet erhaltene Geld oder das Licht des Mondes oder Recht und Ungerechtigkeit oder das Atmen einer Frau, die im Mondlicht neben einem lag." Simon sah mich schmunzelnd an, und ich begriff, dass ich nichts begriffen hatte.

Alex nickte viel sagend und fragte: „Aber Mord? Mord ist kein Kleinbetrug."

„Mord? An wen denken Sie? An die, die hier liegen, oder an die, die früher beseitigt worden sind?" Er stellte diese Frage, als sei die Rede von einer überaus alltäglichen Angelegenheit. „Ich habe einige aus der Gesellschaft beseitigt, aber dafür müsste mir die Gesellschaft dankbar sein."

„Meiner Meinung nach sind Sie verrückt", brummte Alex, und ich schloss mich seiner Ansicht an. Alex fuhr fort:

«Sie glauben doch nicht, dass Sie einfach deswegen freigesprochen werden, weil alle Mordopfer zugleich eine verbrecherische Vergangenheit hatten?"

„Warum gieren Sie so danach, über mich zu urteilen? Ich bin einfach mutiger als Sie. Sie würden gerne unangenehme Menschen aus der Welt entfernen, ich tue es. Ich löse damit auch Ihre Probleme – Sein oder Nichtsein …"

„… das ist hier die Frage", beendete Alex Simons Gedanken.

„Das ist hier nicht die Frage!", fiel ihm Saul scharf ins Wort. „Das selbst ist bereits die Frage. Sie sind äußerst oberflächlich, mein junger Freund. Und wegen Ihrer Oberflächlichkeit werden Sie an einer estnischen Mittelschule versauern. Sie könnten Berge versetzen, aber Sie versetzen vor allem Ihren Unterkörper in Bewegung, entschuldigen Sie die Bemerkung. Ich hingegen tue nichts Oberflächliches – mein ganzes Leben ist ein ständiges Aufbauen gewesen, und das, beachten Sie, auf sichererem Fundament."

Alex errötete bis zu den Ohren und machte ein Gesicht, als gehe ihn die Geschichte nichts an.

Aber Fred folgte mit großem Interesse, und offenbar hatte er seine Diagnose bereits fertig gestellt.

„HIV-positiv", fuhr Saul mit seinen philosophischen Gedanken fort, „klingt das nicht furchtbar? Was ist daran positiv? Nach einer nur dreijährigen Latenzzeit habe ich Aids bekommen. Warum ich? Warum können all die anderen noch zehn Jahre oder länger ihr Leben genießen, obwohl sie ebenfalls positiv sind?"

Der Redner machte eine kleine Pause und fuhr dann fort: „Der Mensch ist nicht für die Unterwerfung geschaffen. Man kann einen Menschen zerstören, aber man kann ihn nicht besiegen. Das ist ein hörenswerter Gedanke, meine Freunde. Alex, auch Ihnen sollte dies bekannt sein. Ich bin zwar dem Untergang geweiht, aber ich bin nicht besiegt, ich bin nur Sieger. Denken Sie, dass es mich in irgendeiner Weise beeindruckt, wenn Sie mir mit der Polizei drohen? Nein, nicht im Geringsten.

Und wissen Sie, warum?", fuhr er dann nach einer weiteren Pause fort, in der wir ihn alle ansahen. „Weil mein Leben geordnet ist. Das heißt – das Leben der Menschen, die mir am nächsten stehen."

„Mit Ihrer Scheidung haben Sie also Ihrer Meinung nach ein gutes Werk vollbracht?", fragte ich.

„Ja! Sogar wenn man mich wegen hundert Morden schuldig spricht, können sie meiner Familie nichts mehr anhaben. Die Firma gehört mir nicht mehr – das war mein letzter Schritt. Heute Morgen habe ich ihn vollzogen. Vermögen kann man nur bei mir konfiszieren, nicht bei meiner Familie. Alles, was mir geblieben ist, ist eine vorübergehende Zweitwohnung, die ich mir vor einiger Zeit zugelegt habe. Damit es etwas zu konfiszieren gibt und die Gerichtsvollzieher nicht mit vollkommen leeren Händen zurückbleiben!"

Simon schmunzelte.

Die ganze Situation war bereits an die Grenzen des Unrealistischen gestoßen, wo alles wie in einem Traum war. Ich wollte aus diesem Traum heraus. Heraus aus diesem schwachsinnigen Verhör.

„Sie wollten sich selbst erschießen." Fred reagierte nicht auf meine Bewegung, die Ungeduld ausdrückte, sondern erinnerte Simon an den jüngsten Vorfall. Simon zuckte zusammen und lächelte bitter:

„Ja, es tut mir Leid, aber ein echter Mann hat nicht das Recht, im Bett zu sterben. Entweder in der Schlacht oder mit einer Kugel im Kopf. Meine Wanderungen sind am Ziel angekommen, und ich habe hier nichts mehr zu schaffen."

Fred wollte aber keineswegs das Gespräch beenden. Also fragte er ohne Umschweife:

„Erzählen Sie uns von Ihren … Ihren Beseitigungen!"

„Es war so leicht", sagte Saul. Man sah, dass er allmählich wieder müde wurde. Der vorübergehende Energiestoß hatte ihn erschöpft.

„Sie haben gehört, dass man für Geld alles bekommt? Natürlich keine Gesundheit, aber das ist eine Binsenweisheit. Ich verließ nachts das Haus. Meine Frau schlief in der Regel tief, dank einem leichten Schlafmittel, und mir entstanden keine Probleme bei der Organisation kleiner Gänge."

Saul machte eine Pause. Seine Kräfte schienen von Augenblick zu Augenblick nachzulassen.

„Über die Kriminalitätsrate im postsowjetischen Estland brauchen wir hier kein Wort zu verlieren, Sie wissen Bescheid. Der Kalte Krieg ist vorbei, aber dafür befinden wir uns jetzt in einer Epoche, in der draußen der Dritte Weltkrieg tobt."

Er genoss den Effekt. Alex hatte instinktiv aus dem Fenster geblickt, und das erheiterte Simon außerordentlich.

„Ich habe ein Verbrechen im Auge, das an eine Grenze gestoßen ist, die nur schwer zu überschreiten ist. Ich rede nicht von Vandalismus, Schlägereien und so weiter. Ich rede von organisiertem Verbrechen – dem Verbrechen, das verborgen bleibt, aber dessen Folgen zerstörerisch sind, wie Sie sich denken können. Viele wissen das, aber niemand tut etwas, weil die Korruption längst allgegenwärtig ist und alle Verantwortlichen viel zu verlieren haben, und davor haben sie Angst. Ich hatte nichts zu verlieren. Und ich hatte keine Angst. Ich brauchte nur einen Plan und Menschen, die keine Fragen stellten. Die kurz geschorenen Männer, die Sie hier gesehen haben, können nicht fragen. Ihre Sprache ist das Geld.

Zwar war es für mich unangenehm, mich ihrer zu bedienen, aber ich war dazu gezwungen. Messerstechereien und Schießereien waren ihr Metier und ihre Aufgabe. Aber das Schicksal meiner Roboter hatte ich schon im Voraus bestimmt, und heute musste das Urteil vollstreckt werden. Im Übrigen hielten sie es sogar für ein Kompliment, wenn ich sie als meine Roboter bezeichnete."

Saul wirkte überzeugt. Seine Augen glänzten wie im Alkoholrausch, und ich bezweifelte, dass er unsere Unterredung bis zum Schluss durchhalten würde. Der Arzt – Harry – müsste bald kommen, er war offenbar über Sauls gesundheitlichen Zustand am besten auf dem Laufenden. Meiner Meinung nach dürfte Saul allerdings nicht allzu kurz vor dem Tod stehen – er sah für einen Sterbenden ganz einfach viel zu gut aus. Aber ich war mir da nicht sicher.

„Sie haben von Moral gesprochen? Aber sagen Sie, ist Ihrer Meinung nach der Mord an einem Kind eine unmoralische Tat?" Er sah uns scharf an. „Ja, ich weiß – Ihrer Meinung nach ist er das. Aber Sie analysieren nicht die Ursachen und die Folgen. Eskimos töteten ihre schwachen Kinder und handelten richtig, denn ein späteres Dahinsiechen der zarten Wesen wäre in dem harten Klima noch viel grausamer gewesen. Aber Sie sind Ärzte, humane Menschen! Altmodisch und unbeweglich sind Sie!", fügte er bitter hinzu.

Die Müdigkeit brachte Sauls Erzählung ins Stocken, und er sprang von einem Thema zum anderen. Wir unterbrachen ihn nicht. Und was hätten wir schon sagen sollen?

„Es ist furchtbar einfach, am Tag gefühllos zu sein, aber nachts ist es eine ganz andere Sache", setzte Saul seinen Monolog fort und sah auf die Uhr. „Die Nacht trieb mich hinaus zu all denen, von denen ich wusste, dass sie ein schmutziges Gewissen hatten. Man musste genau sein, ruhig und logisch – und niemand konnte mich verdächtigen."

„Ihre Kompagnons hatten also auch ein schmutziges Gewissen?", fragte Alex. Er hatte ein gutes Gedächtnis, mir war der Inhalt von Levis Tagebuch beinahe schon wieder entfallen. „Und Panin, der Sie tatsächlich anzeigen wollte?"

Simon brummte nur verächtlich.

„Meine Kompagnons! Als Alexander und ich diese Firma gründeten, da wussten alle anderen von meiner Million – außer Panin. Diese anderen waren bei meinem Vertrag Vermittler gewesen, sie waren meine Komplizen. Ganz allein geht so etwas ja nicht. Dann aber war es ihnen zu wenig. Sie begannen, Geld aus der Firma für sich abzuzweigen, Drogen kamen ins Spiel … Ich habe gesagt, dass ich nach dieser Transaktion nichts Ungesetzliches mehr getan habe. Und ich ließ auch nicht zu, dass andere es taten."

„Wie?", ließ Fred trocken fallen.

„Den Ersten überfuhr ich mit dem Auto. Damals hatte ich noch nicht diese … diese Bande. Den Zweiten stieß ich von einem Hoteldach. Mit dem Dritten war es einfach. Ich fand nämlich einen heruntergekommenen Typen, der für ein paar Kronen sein Opfer in einem Supermarkt niederschoss und dabei noch ein wenig Geld aus der Kasse in seine Tasche stopfen konnte. Danach stieß ich ihn in einen Fluss. Die übrig gebliebenen Kompagnons bekamen Injektionen verpasst, und ihr Herz versagte pflichtschuldig seinen Dienst. Das ist auch schon alles."

Saul sah uns mit so offenen Augen an, dass ich Zweifel hatte, ob er sich nicht einen Scherz erlaubte.

„Nein, ich scherze nicht", las Saul meine Gedanken. „Sie waren alle Verbrecher, und ihretwegen wären viele Menschen umgekommen. Und das auf sehr schmerzhafte Weise. Jemand musste es tun."

„Aber Panin? Sie haben selbst behauptet, dass er von der Sache nichts wusste", wiederholte Alex seine Frage.

„Ich schätzte Panin sehr. Dank seiner Investitionen sind wir dorthin gelangt, wo wir heute sind. Ich wollte, dass alles ehrlich ist. Dass Panin ehrliches Geld machte, dass er nicht einmal die Herkunft des Startkapitals kannte." Saul wurde finster. „Aber Panin hat mich betrogen. Wussten Sie, dass er Kinder liebte?"

Ich verstand nicht sofort, was das hiermit zu tun hatte, und als niemand antwortete, fuhr Saul fort:

„Er liebte Kinder und kaufte ihre Dienste für teures Geld. Für ein Kind sind aber auch schon hundert Kronen großes Geld. Verstehen Sie, wovon ich spreche? Ich habe ihn nicht selbst angefasst … In jener Nacht ging ich zu Panin nach Hause und legte vor ihm eine Schnur auf den Tisch. Wie im Morgenland. Alexander kroch gehorsam in die Schlinge – seine Nerven waren angespannt genug. Abschaum! Abgesehen von seiner Genialität war er Abschaum! Und er gehörte der Vernichtung anheim. Wundern Sie sich nicht. Todesurteile, polizeiliche Verdächtigungen, das alles ist wohlfeil und käuflich zugleich. Auch Ihr Besucher, Pasternak, war wirklich ein ordentlicher Mensch, wenngleich auch kein Schriftsteller. Nach einem kurzen Gespräch und einer kleinen Geldsumme war er einverstanden, das Material herauszurücken. Das alles ist viel zu leicht."

Wir saßen schweigend da. Während der letzten Minuten hatten wir die erstaunlichsten Dinge und zugleich eine ganz einfache Geschichte gehört. Eigentlich war sie sogar zu einfach.

Saul sah wieder auf die Uhr. „Haben Sie jetzt noch Fragen?"

Er wandte sich wieder an uns. „Wenn ja, dann machen Sie schnell … Ich bin müde."

„Nichtsdestoweniger werden Sie Ihre letzten Tage im Gefängnis verbringen", meinte Fred finster. „Obwohl ich nicht unbedingt um diese Typen trauere, die Sie ins Jenseits geschickt haben, haben Sie gegen das Gesetz verstoßen und sich über das Gesetz hinweggesetzt."

„Ich bin über das Gesetz erhaben", sagte Saul ohne jedwedes Pathos. „Genauer gesagt, ich stehe außerhalb des Gesetzes. Die Handlungen eines Menschen werden immer durch die Furcht vor dem Tod gesteuert, die Furcht, etwas zu verlieren. Darauf sind auch die Gesetze aufgebaut – der Preis, gegen sie zu verstoßen, ist die Furcht, die Freiheit zu verlieren, das Leben, seinen guten Ruf oder noch etwas. Ich habe diese Furcht nicht. Ich habe mich von der Gesellschaft befreit, sie kann mein Schicksal nicht mehr gestalten, der Tod hat mich bereits gefunden. Ich stehe außerhalb der Gesetze, nach denen Sie handeln. Zum Glück ist bald alles zu Ende."

Simon sah wieder auf die Uhr. Ich warf selbst einen Blick auf die Uhr. Kurz vor eins.

„Ich möchte Ihnen noch mitteilen, dass ich nichts bereue. Höchstens die momentane Schwäche bei Ihrem Eintreffen. Alex, ich beschuldige Sie in keiner Weise. Ich habe eine Wahl für mich getroffen, treffen Sie die Ihre … Karl … Alex … Vielleicht werden Sie es irgendwann begreifen können."

Saul warf wieder einen nervösen Blick auf die Uhr, und auch Fred sah auf seine Armbanduhr.

„Kommt der Arzt nicht bald?", fragte er dann.

Saul schüttelte den Kopf.

„Nein, er kommt nicht. Der Name des Rauschmittels, das Levi gespritzt bekommen hat, ist meines Wissens nach irgendwo hier."

Fred durchbohrte Saul mit Blicken und zog die erstbeste Schublade heraus, dann die zweite … Aus der dritten Schublade fiel ein Blatt Papier heraus. Saul nickte resigniert.

Fred bückte sich, um das Papier aufzuheben, aber sein Blick blieb nur einen Augenblick daran haften. Dann starrte er auf etwas, was außerhalb unseres Blickfeldes lag, irgendwo zwischen Tisch und Wand. Mit dem Papier in der zitternden Hand brüllte er Saul an:

„Wie viel Zeit haben wir?"

Alex und ich tauschten Blicke aus. Was sollte das bedeuten?

Saul hingegen lächelte nur bitter und murmelte vor sich hin: „Eine Minute. Anderthalb … Vielleicht."

Fred riss blitzschnell Levi in seine Arme. Alles geschah während nur weniger Augenblicke, so dass uns keine Zeit mehr blieb zu reagieren.

Auf unsere stumme Frage hin sagte Fred nur kurz: „Sprengladungen."

Das reichte, dass auch mir und Alex Flügel wuchsen. Alex riss das verletzte Mädchen an sich, ich packte Saul an der Schulter. Ich hätte ihn schlagen können, zu Boden treten … Aber eine innere Macht befahl mir, Saul aus dem Haus zu schaffen.

Wollte ich ihn retten? Wenn ja, wovor? Wenn wir von hier entkamen, dann würde er ohnehin seine Strafe erhalten.

„Sie schaffen es nicht." Saul war ganz still und bleich. „Die Ladungen sind über sämtliche Zimmer verteilt. Ich konnte nichts dem Zufall überlassen."

Und ich rannte los. Vor mir sah ich Fred und Alex mit ihren jeweiligen menschlichen Bündeln. Einen Augenblick lang dachte ich an meinen ärztlichen Eid, an die Quadratschädel, die im Nachbarzimmer lagen, und an Sauls Blick. Dann zählte ich in Gedanken die Sekunden und nahm fünf Stufen auf einmal.

Sauls Blick hatte mir mehr erzählt als die ganze vorangegangene Geschichte. Der Mann war sitzen geblieben, mit aufrechtem Rücken, den Blick aus dem Fenster gerichtet. Noch während ich zur Haupttür hinausstürmte, erschallten in meinen Ohren die Worte, die er vor sich hin gemurmelt hatte: „Von nun an bis in Ewigkeit. Nur noch fünf Sekunden."

5 Ich saß auf Levis Bettkante. Levi sah eine Sendung im Fernsehen an und kritisierte den Talkmaster. Ich hörte nicht, worüber er sprach. Wir waren in demselben Krankenhauseinzelzimmer, in dem Henri die letzte Nacht verbracht hatte, die zugleich die letzte Nacht seines Lebens gewesen war. Er hatte es hier freilich nicht so komfortabel gehabt.

Fred hatte alles rasch, diskret und präzise angeordnet. Ich vertraute Levis Gesundheit seiner Fürsorge an, und als Gegenleistung durfte ich rund um die Uhr bei ihr sein. Seit der Explosion war bereits eine Woche verstrichen, und Levi war beinahe geheilt. Am Anfang hatte sie noch Depressionsschübe gehabt, die durch die Abhängigkeit von der gewohnten Dosis verursacht worden waren, aber jetzt ruhte sie sich einfach nur aus.

Während Sauls Monolog hatte Levi geschlafen. Sie war auch im Auto nicht aufgewacht. Nicht einmal, als das Haus in die Luft flog und brennende Gebäudeteile auf dem Dach unseres Lieferwagens landeten. Wir waren zum Glück schon in ausreichender Entfernung gewesen, größere Stücke waren nicht bis zu uns gelangt.

Saul hatte uns noch einmal hintergangen. Zum einen dadurch, dass er uns sein Herz ausgeschüttet hatte, um die Zeit zu vertreiben, zum anderen mit der Zeitangabe: Die Explosion war zwei Minuten später eingetreten. Er hatte uns zusätzliche Zeit verschafft. Das wollten wir zumindest glauben.

Am nächsten Tag berichteten die Zeitungen ausführlich von der Explosion. Man habe die Überreste von fünf Menschen gefunden. Eines der Todesopfer sei vermutlich Saul Simon gewesen, der Eigentümer der Firma *Simon GmbH*. Die Ursache für das Unglück seien vermutlich Lecks in den Gasleitungen gewesen, wodurch wiederum die Munition entzündet worden sei, die auf dem Schießstand gelagert worden sei.

Eine ganze Woche lang erschienen in den Zeitungen Beileidskundgebungen. Dann kamen Bilder von der Beerdigung.

In mir blieb das Gefühl, dass Saul vor seinem Tod irgendwo jemanden für die Verbreitung der ihm genehmen Version bezahlt hatte. Von Sauls Krankheit war nirgends die Rede. Auch nicht von der Scheidung. Überhaupt verstummte die ganze Geschichte erstaunlich schnell, und wir kamen nicht auf die Idee, uns mit dem, was wir wussten, an die Öffentlichkeit zu wenden. Die Scheußlichkeiten, die wir erlebt hatten, reichten uns vollkommen. Freilich las ich in dem Artikel über die Simongeschichte in der Zeitung auch von den ungeklärten Sachverhalten: Ein Journalist hatte begonnen, die Hintergründe des Unglücks zu durchleuchten. Folglich war zu vermuten, dass die Sache nicht auf Dauer verborgen bleiben würde.

Alle lebten ihr Leben weiter, aber ich war dazu nicht ganz in der Lage. Mein Leben war während dieser Tage gründlich auf den Kopf gestellt worden. Meine mir vorläufig noch gesetzlich angetraute Frau hatte ich nur getroffen, als ich meine Sachen abholte. Die Kinder taten mir Leid, aber ich bemühte mich, ihnen meine Entscheidung zu erklären, so gut ich es vermochte. Vielleicht würden sie es irgendwann verstehen. Ich gelobte mir, mich viel und gründlich mit ihnen zu beschäftigen. Vielleicht zusammen mit Levi.

Ich hatte noch nicht mit Levi über die Beziehung zwischen uns gesprochen. Aller Wahrscheinlichkeit nach würden wir es schaffen. Levi war noch zu schwach, um Zukunftspläne zu schmieden. Meine irdischen Besitztümer hatte ich in Levis Wohnung gebracht. Wenn sie aus dem Krankenhaus nach Hause käme, würden wir uns unterhalten.

Alex unterrichtete wieder Estnisch an der Schule. Wollte man Gerüchten Glauben schenken, so hatte er ein Gespräch unter vier Augen mit dem Physiklehrer geführt, und jetzt hatten die Kinder eine Frau in Physik.

In der Freizeit wurde Alex mit einem neuen Mädchen gesehen. Vor ein paar Tagen traf ich ihn in der Stadt in Gesellschaft einer jungen Dame, die in Parfum gebadet zu haben schien. Alex stellte sie mir als Agnes vor. Ich teilte Alex' Geschmack jedenfalls nicht. Und auch Levi nicht.

Die Schulter des Mädchens, das aus Simons Erholungsheim herausgeschafft worden war, war geschient worden. Ich wusste nicht, was Alex im Krankenhaus zusammengelogen hatte, aber die Schussverletzung des Mädchens wurde kuriert, und sie trug keine Spätfolgen davon. Das Mädchen ging noch nicht wieder zur Schule, aber angeblich hatte sie Alex versprochen „bald, wenn es mir wieder besser geht, ganz bestimmt in die Schule zu kommen." Ich verstand nicht ganz, was die Mädchen an Alex fanden. Meiner Meinung nach hatte Simon Recht gehabt: Der Junge war sehr oberflächlich.

Mir ließ die Begegnung mit Simon keine Ruhe. Ich dachte oft an seine Geschichte. Ich teilte bei weitem nicht alle seine Standpunkte, aber ich konnte ihn auch nicht in Grund und Boden verdammen. Und ich wollte es auch nicht. Ich hatte meine Wahl getroffen und mich für Levi entschieden, aber das Einverständnis dieser eigensinnigen Frau war mir keineswegs sicher. Es war leichter gewesen, sich mit Saul und seinesgleichen eine Schlacht zu liefern.

In Fernsehen traten Volkstänzer auf. Sie hüpften zu viert im Kreis, die Hände auf der Brust.

„Albernes Gehüpfe", brummte Levi und lehnte den Kopf an meine Schulter. „Komische Leute."

Ich hielt es für klüger, ihr in allem zuzustimmen.

◆◆◆